# トンネルに消えた女の怖《こわ》い話

クリス・プリーストリー
三辺律子［訳］

理論社

ＨＳに捧げる　感謝をこめて

TALES OF TERROR FROM THE TUNNEL'S MOUTH
by Chris Priestley and illustrated by David Roberts


Japanese translation rights arranged with
Bloomsbury Publishing Plc through
The English Agency (Japan) Ltd.

装丁／坂川栄治＋田中久子（坂川事務所）
編集協力／リテラルリンク

もくじ

# CONTENTS

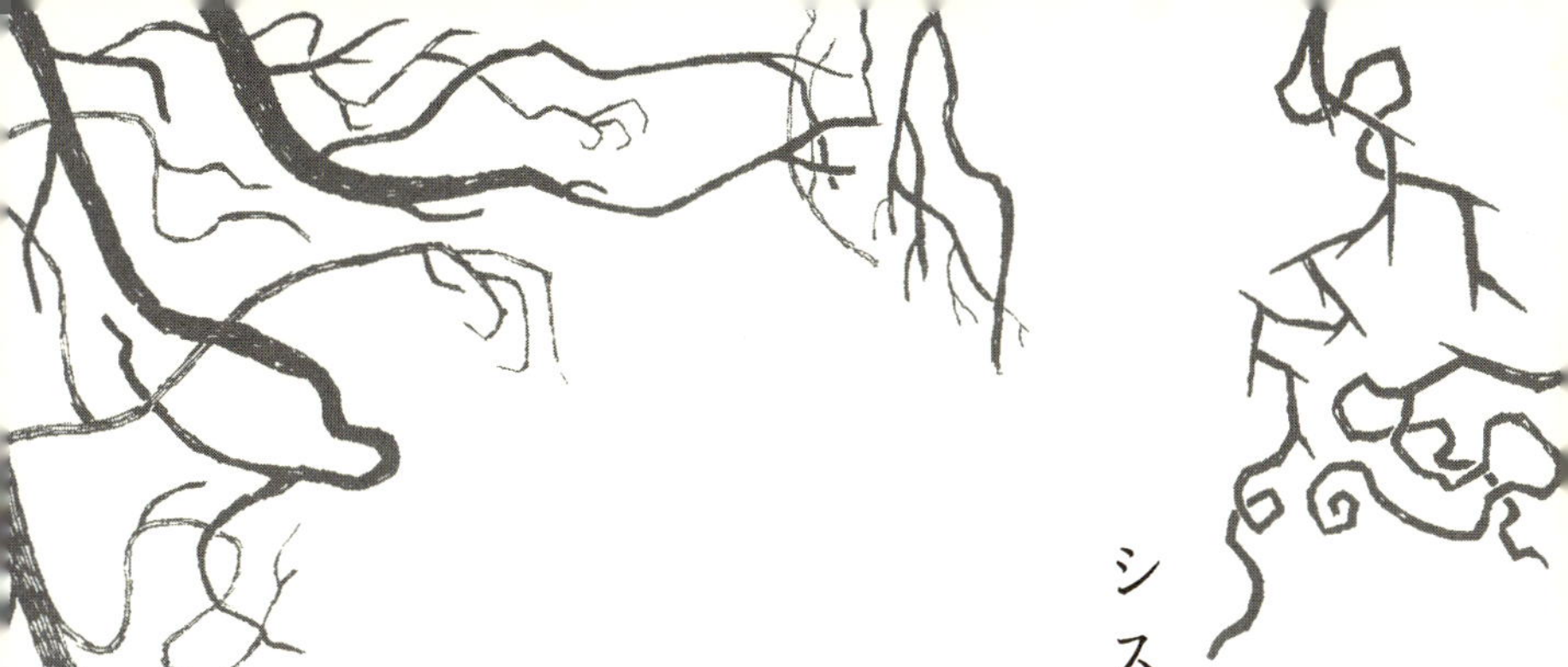

列車

THE TRAIN

列車での一人旅は、初めてだった。継母《ままはは》が駅まで見送りに来て、やめてほしいのに抱《だ》きしめたり、キスをしたり、ここぞとばかりに愛情《あいじょう》を見せつけるような甘《あま》ったるい声を出すので、ぼくは恥《は》ずかしくてしょうがなかった。

父は戦争へ行っていた。南アフリカのうだるような暑さのなか、ボーア人と戦っている［ボーア戦争。十九世紀末、南アフリカをめぐり、イギリスと南アフリカのオランダ系移民の子孫（ボーア人）が戦った］。それでも、たいくつでうっとうしい継母《ままはは》とこれ以上いっしょにすごすよりは、喜んで父のもとへ行っただろう。といっても、父ともいわゆる親密《しんみつ》な親子関係だったかと言われたら、そうではないのだが。

そんな休暇《きゅうか》もとうとう終わって、新しい学校へ行くことになり、ぼくはひとまずホッとしていた。ふだんなら、一人旅ということで緊張《きんちょう》しただろうが、数週間継母《ままはは》と暮《く》らすという試練をへたあとでは、新しい学校でどんな困難《こんなん》が待ちうけていようとも、へっちゃらだという気がしていた。もうこわいものなど何もない。

少なくとも、そう思っていた。

もう、ホームで三十分近く待っている。継母《ままはは》が、列車に乗りおくれるのを心配して、バカみたいに早い時間に出ようと言ってきかなかったからだ。

ぼくたちは駅のベンチにすわっていた。会話はとっくの昔につきていた。ぼくは〈イラストレーテッド・ロンドン・ニュース紙〉を読み、継母《ままはは》はうとうとしていた。どんなときでもたちどころに眠《ねむ》れるという、並《なみ》はずれた特技《とくぎ》の持ち主なのだ。毎日の家事の合間にすこしでも時間があけば、それを口実に昼寝《ひるね》をする。はっきり言って、人間というよりネコに近い。

ぼくはまわりをながめた。たいくつなイギリスの田舎町《いなかまち》の駅だ。晴れた気持ちのいい朝で、ホームにはぼくたちのあとから来た乗客が三、四人と、恰幅《かっぷく》のいいひげを生やした駅長しかいなかった。

駅長はホームを行ったり来たりしながら、二分ごとに腕時計《うでどけい》を見て、だれかとすれちがうたびに、帽子《ぼうし》をとってにっこりあいさつしている。

すべてが、なんてことのないありふれた平和に包まれていた。

しかしそれも、継母《ままはは》が目をさますまでだった。いきなり絞《し》め殺《ころ》されたような声をあげたものだから、ぼくはおどろいて数センチもとびあがってしまった。

待っている乗客が心配そうにチラチラとこちらを見た。

「かんべんしてください。他人《ひと》が見てる」ぼくは真っ赤になって、こちらを見ている人たちと目を合わせまいとした。

「ああ、でも見たのよ！　おそろしいことが起こるという前兆だわ！」継母《ままはは》はひどくうろたえたようすで、目を見ひらいてぼくを見つめた。

ここで言っておくが、継母《ままはは》は、そういった類《たぐい》の才能《さいのう》が自分にそなわっていると信じこんでいる。

「夢《ゆめ》でも見たんでしょう」ぼくは言って、こちらを見ている男に向かって笑顔《えがお》をつくった。

男性《だんせい》の顔を見れば、継母《ままはは》の頭に問題があると思っているのはあきらかだ。そう思われてもしかたがない。

「あれはあきらかに危険《きけん》の前兆だったわ。それも、命にかかわる危険《きけん》よ」継母《ままはは》はなおも、とりみだしたようすで言った。

「いったいなんの話です、マダム?」ぼくは声をおし殺して言った。

「そのよび方、やめてほしいわ」継母《ままはは》はこめかみをおさえた。

そのくらい百も承知《しょうち》だったが、「お母さん」などとよぶ気はさらさらなかった。そうよばれたがっていることは、わかっていたが。

「危険《きけん》ってなんです?」ぼくはききなおした。

「わからないわ。見えたのよ……キスが」

「キス?」ぼくはふきだした。「キスが危険《きけん》とは思えませんね。少なくとも、命にかかわるということはないでしょう。相手がワニなら別でしょうが」

「キスよ」継母《ままはは》はくりかえした。「それからトンネル——長くて暗い、おそろしいトンネル……」

「じゃあ、ぼくはトンネルにキスするということですか？　まあ、たしかにある意味じゃ危険《きけん》かもしれませんね」ぼくは冷ややかな笑《え》みをうかべた。

けれど、継母《ままはは》はあいかわらず異様《いよう》な目つきでぼくを見ている。

継母《ままはは》の言ったことはたわごとにすぎないが、あまりにもじっと見つめるので、ぼくは落ちつかなくなって、思わず目をそらした。

継母《ままはは》の〝前兆〟というやつは、いつもはっきりしない。ぼくはため息をついて線路を見おろし、列車が早く来てくれることを祈《いの》った。一刻《いっこく》も早く継母《ままはは》からはなれたくてしょうがなかった。

「眠《ねむ》っていたから、悪い夢《ゆめ》でも見たんでしょう」ぼくは、軽蔑《けいべつ》をかくそうともせずに言った。「夢《ゆめ》は夢《ゆめ》でも、白昼夢《はくちゅうむ》ですね——もしくは〝真っ昼間に駅のホームでうたた寝《ね》した人間が見るもの〟とでもよびましょうか」

ぼくの言い方をきいて、継母《ままはは》は気色《けしき》ばんだ。

「わたしに向かってそういうしゃべり方をしないでちょうだい」

「おこらせたなら、あやまります」ぼくはぷいと横を向いた。本当はこれっぽっちも悪いなどと思っていなかった。

線路の向こうから汽笛がきこえた。列車がもうすぐ到着《とうちゃく》する。

助かったとぼくは胸《むね》をなでおろし、立ちあがった。

「よし。来たぞ」

「わたしのぼうや」継母《ままはは》はこれ以上ないというくらい安っぽい仕草でぼくに抱《だ》きついた。

「かんべんしてください」ぼくは恥《は》ずかしさで身をよじった。「他人《ひと》が見てるでしょう?」

なんとかクラゲみたいな継母《ままはは》の腕《うで》をのがれると、ぼくはカバンをもちあげて、客車に乗ろうとした。

「お願いだから、別の列車にして」継母《ままはは》はぼくのそでをつかんだ。

「一時間近く待ったのに？　冗談《じょうだん》じゃない」ぼくはそのまま乗ろうとした。

これ以上、おまえなんかとホームですごすはずないだろう！　ぼくは客車にあがると、力をこめてドアをガシャンとしめた。

その音ですこしは気持ちが伝わったことを期待して、ドアについた小窓《こまど》からのぞくと、継母《ままはは》は今にも気絶《きぜつ》しそうなようすでハンカチを顔におしあて、空いているほうの手でパタパタとあおいでいた（それでいて、見ている人間がいるかどうかひそかにまわりを見まわしている。あの女らしい）。

煙《けむり》がもうもうと吐《は》きだされ、継母《ままはは》のすがたをおおいかくした。

一瞬《いっしゅん》、継母《ままはは》がこの世から消えたように思え、こんなにもうれしいものかと思ったが、列車が走りはじめると、継母《ままはは》がどうかなったみたいに手をふっているのが見えた。ぼくは見なかったふりをして、席をさがしはじめた。

六人がけの仕切り客室をのぞきながら通路を歩いていくと、窓側《まどがわ》の席が空いている客室があった。

乗客はほかに、かた苦しい軍人風の紳士《しんし》がいるだけだ。赤ら顔に、がっしりとつきでたあごをして、ふさふさした口ひげを生やしている。これから、彼《かれ》のことを〃少佐《しょうさ》〃とよぶことにしよう。

ぼくが入っていくと、少佐《しょうさ》はあいさつがわりにうなずいた。

「ごいっしょしてもよろしいでしょうか？」ぼくはきいた。

「かまわんよ」少佐《しょうさ》は言って、ぼくが近づいていくと、ピンと背中《せなか》をのばした。

ぼくは笑《え》みをうかべて、礼を言うと、座席《ざせき》の上の荷物棚《にもつだな》にカバンをのせた。

少佐《しょうさ》はフンと大きく鼻を鳴らした。「ただし口笛ふきでないならな！」ぼくがすわるのを見ながら、少佐《しょうさ》は言った。

「はい？」

「口笛ふきだ」少佐《しょうさ》はくりかえした。「口笛にはがまんがならないのだ。歯がうくような、いやな気分になる。わかるだろう」

「ぼくは口笛はふきません」

「それをきいて安心したよ」少佐《しょうさ》はまたフンと鼻を鳴らした。「最近の若《わか》い者には、多いからな」

「ぼくはちがいます」

「よろしい」

ぼくは笑《え》みをつくり、おかしな会話が終わってくれることを祈《いの》りながら窓《まど》の外へ目をやった。

どうやら、ぼくの祈《いの》りはききとどけられたらしい。少佐《しょうさ》はひざの上に広げていた〈タイムズ紙〉をとりあげると、舌《した》うちだか鼻の音だか、よくわからないおかしな音を立てながら読みはじめた。

列車は、ぼくが乗った駅とよく似《に》たこぎれいでたいくつな駅にとまりながら、走りつづけた。一駅ごとに、客室には新しい乗客がふえていった。

最初に少佐《しょうさ》とぼくの客室へ来たのは、〝司教〟だった（これから彼《かれ》をそうよぼう）。司教はぼくのとなりにすわった。でっぷりとした丸顔の男で、ぼくたちにあいさつをしたあとは、書類カバンから手書きの原稿《げんこう》の束をとりだして読みはじめ、時おり万年筆でメモを書きこんでいた。

次に来たのは、背《せ》の低い筋肉質《きんにくしつ》の男だった。仮《かり》に〝農夫〟とよぶことにしよう。農夫は司教の正面、少佐《しょうさ》の横にすわった。農夫がすわると、ぼくたちはみな、うなずいてあいさつした。農夫の手にははっきりと重労働の跡《あと》がきざまれ、靴《くつ》には、みがき残しのまだ乾《かわ》いていない泥《どろ》の跡《あと》がついていた。

その次の駅では、背《せ》の高い、やせこけた男が乗ってきた。どうやら少佐《しょうさ》とは顔見知りらしく、軽く会釈《えしゃく》した。白く長い指に、やはり白く長い顔をしている。りっぱな服を着て、医学専門誌《せんもんし》のランセットをもっているところを見ると、ハーレー街の診療所《しんりょうじょ》へ向かう医師《いし》にちがいない［ハーレー街は一流の医師が集中している通り］。〝医師《いし》〟は司教のとなり、少佐《しょうさ》の前にすわった。

ぼくの向かいの窓側《まどがわ》の席は、まだ空いたままだった。

ぼくはふいに疲《つか》れを感じた。一人旅に興奮《こうふん》していたせいで、くたびれたのだろう。もしかしたら、窓《まど》からさしこむあたたかい日ざしのせいかもしれない。ぼくは目をとじた。

次に目をあけたとき、自分ではほんの一瞬《いっしゅん》だと思っていたのに、じっさいはかなり時間がたっていたようだった。なぜなら、ぼくの前の空いていた席に、女がすわっていたからだ。ちょっと近づきがたい雰囲気《ふんいき》の、魅力的《みりょくてき》な女だった。

女はまだ若《わか》かった。ぼくよりそんなに上ということはないだろう。肌《はだ》は青白く、ほっそりしていて、面長《おもなが》でほお骨《ぼね》が高く、髪《かみ》は赤い。身に着けているものは、靴《くつ》から帽子《ぼうし》まですべて真っ白だった。

ぼくは笑顔《えがお》をつくって、うなずいた。

女もほほえみかえした。薄《うす》いグリーンの目にじっと見つめられて、ぼくはどぎまぎしてしまった。

もう一度軽くうなずいてから、ほかの乗客のほうを見ると、一人残らずぐっすりと眠《ねむ》っていた。皮肉なことに、少佐《しょうさ》は息をするたびにヒューヒューと口笛のような音を立てていた。

それから、もう一つ、寝《ね》る前とはちがう点があった。

列車がとまっている。しかし、駅は見えない。

窓《まど》に顔をおしつけると、機関車がちょうどトンネルの手前でとまっているのが見えた。後ろにつながっている車両は、山を切りひらいた崖《がけ》のふもとでとまっている。両側の高い土手にさえぎられて空はほとんど見えず、どこか不思議な夕暮《ゆうぐ》れの光がわずかにさしこんでいるだけだった。

ふいに継母《ままはは》が口走ったバカバカしい話を思い出して、ぼくは頭をふった。これを知ったら、さぞかし得意げに「ほら、言ったでしょ!?」と言うだろう。

予定外の停車はたしかに腹《はら》だたしいけれど、とはいえ、そのせいで何か危険《きけん》なことが起こるとは思えなかった。

正面にすわっている女は、あいかわらずほほえみながら無遠慮《ぶえんりょ》にぼくをじろじろ見るので、ぼくはほほがうっすら赤くなるのがわかった。

「ここはどこでしょう？　ごぞんじですか？　何か発表はありましたか？」ぼくはたずねた。

「発表があるはずだということ？」

「ええ。車掌《しゃしょう》から、場所や、どのくらいのおくれになるか、説明があるはずでしょう？」

「ああ、そういうこと」女は言った。「いいえ、そういった発表はなかったわ」

女は金の懐中《かいちゅう》時計を見てから、ぼくを見て、もう一度時計を見ると、ひざにのせて白い手袋《てぶくろ》をはめた長い指でおさえている小さなハンドバッグにしまった。

ぼくも時計を見たが、ため息をついて、軽くふった。「時間を教えていただけますか？　ぼくの時計はとまってしまったようなんです」

「時間？」女は、小鳥のように首をかしげた。「急いでいるの？　若《わか》い人はいつも、急いでいるのね」

〝若《わか》い〟という言葉が、さっきも言ったとおり、どう見ても十歳《さい》ははなれていないと思われる女の口から出ると、おかしく感じた。でも、それはきながすことにして、ぼくは答えた。

「とくに急いでいるわけではありません。ただキングスクロス駅にむかえが来ることになっているので、待たせるのは申しわけないと思って。だから、とまってからどのくらいたつのか、知りたかっただけです」

「そんなでもないわ」女は言った。

今度こそくわしく説明してくれるのを待ったけれど、女はそれ以上、何も言わなかった。

「ロバート・ハーパーです」ぼくは自己紹介《じこしょうかい》をして、手をさしだした。こうしたときに父ならそうするんじゃないかと思ったのだ。

「お会いできてうれしいわ、ロバート」女は言って、ぼくの手をとると、こちらがちょっと気づまりに感じるくらい長くにぎっていた。思いのほか、力が強かった。

しかし、自分の名前は言わなかった。

情《なさ》けないと思うかもしれないが、ぼくも強《し》いてたずねるほどの度胸《どきょう》はなかった。

ぼくはまた窓《まど》の外に目をやり、あいかわらず列車が動くようすがないのを見て、ハアッとため息をついた。

「落ちつかないようね、ロバート」〝白いドレスの女〟は言った——これから彼《かの》女《じょ》のことはそうよぼうと思う。コリンズ氏の小説の題名から借りただけで、とくに深い意味はない。

ぼくは、自分が女に名乗ったことをすでに後悔《こうかい》しはじめていた。そのせいで、彼女《かのじょ》を優位《ゆうい》に立たせてしまったような気がしたからだ。

「早く動いてほしいと思っているだけです、ミス……？」ぼくはわざと長く間《ま》を空けて、女に名前を言わせようとした。まゆをあげてうながしたのに、今度も女は名乗るようすはなかった。

こうなったらおこらせてもかまわないと思い、まゆをひそめてみせたが、白いドレスの女はますますにっこりした。ぼくのことをバカにしているにちがいない。

またもや窓《まど》の外に目を向けたが、何も見るものがない。ごく小さな生きものすらいないし、そもそも動いているものがない。

そんなふうに窓《まど》の外ばかり見ていたせいか、白いドレスの女がふいにこちらへ身を乗りだしたような奇妙《きみょう》な錯覚《さっかく》に襲《おそ》われた。

窓《まど》に女の影《かげ》が映《うつ》り、わずかにゆがんだ顔が近づいてくるのを見て、ぼくはバッとふりかえり、背中《せなか》を座席《ざせき》におしつけた。

ところが、白いドレスの女はさっきと同じ姿勢《しせい》ですわったまま、ほほえんでいた。これじゃ、ただのバカみたいだ。

「だいじょうぶ、ロバート？」白いドレスの女はきいた。きいて当然だろう。

「ええ、まったく問題ありません」ぼくは精《せい》いっぱい平静をよそおって答えた。

「少々たいくつなだけです」

白いドレスの女はとりすましたようすでうなずいたが、いきなりほっそりした手をパンと打ちあわせたので、ぼくはぎょっとした。

あきれたことに、それでも、寝《ね》ている乗客はだれ一人、目をさまさなかった。

「さあて、何かたいくつしのぎを考えなくてはね」白いドレスの女は言った。

「というと？」どういう意味だろうと思いながら、ぼくはきいた。

「物語はどうかしら？」

「物語？」ぼくは、少々いぶかしく思いながらききかえした。「もしかして学校の先生でいらっしゃるとか？」けれども、質問《しつもん》しながら、女の雰囲気《ふんいき》からしてそれはなさそうだと思いなおした。

「いいえ、まさか！　わたしは教師《きょうし》ではないわ」白いドレスの女は、いかにもおかしそうにクスリと笑った。「物語なんて、小さな子どもがきくものだと思っているから、そんなふうに言うのね」

「いいえ。そんなことはありません。物語なら大好きです」

「じゃあ、どんな物語が好きなの?」白いドレスの女はそう言って、また小鳥のように首をかしげた。

「さあ、どうかな。〈ストランド・マガジン〉は定期購読《こうどく》しています。おもしろい話がたくさん載《の》っているんですよ。H・G・ウェルズ氏の作品や、シャーロック・ホームズの冒険《ぼうけん》物語も」

白いドレスの女はにっこりほほえんだが、何も言わないので、ぼくは続けなくてはいけないような気持ちに駆《か》られた。

「ストーカー氏の『ドラキュラ』も読みました。ぞっとするほどおもしろい。ああ、それにスティーヴンソン氏もすばらしい作家だと思います、もしかしたら、同じ名前だからそう思うのかもしれませんが」

白いドレスの女はくいっとまゆをあげた。

「ロバートです」ぼくは、はっきりさせるために言った。「二人ともロバートなんです。ロバート・ルイス・スティーヴンソン、でしょう?」

「ええ、わかってるわ」

「え、ああ、すみません」

またしんとなった。

ぼくの読書の趣味《しゅみ》に対して何かしら感想があるだろうと思ったけれど、今度も女は何も言わなかった。

「『ジキル博士とハイド氏』は本当におもしろかったです」ぼくは続けた。

白いドレスの女はほほえんで、うなずいた。

「それに『ドリアン・グレイの肖像《しょうぞう》』［オスカー・ワイルドの小説。美貌の青年ドリアンの背徳の日々を描く］もとてもすばらしい作品だと思います」ぼくはつけくわえた。

『ドリアン・グレイ』のような悪名高い小説の名をわざとあげておどろかせてやろうと思ったのだが、白いドレスの女はあいかわらず表情《ひょうじょう》一つ変えなかった。

「話をきいていると、どうやら予期しないような危険《きけん》の出てくる物語がお好きなようね。超自然的《ちょうしぜんてき》なものや神秘的《しんぴてき》な傾向《けいこう》をもったものが」

「……そうだと思います」白いドレスの女が批判《ひはん》するつもりで言ったのかどうかよくわからないまま、ぼくはうなずいた。

「そういうことなら、あなた好みの物語を一つか二つ、お話しできるかもしれないわ」

「もしかして、作家でいらっしゃるんですか？」

女性《じょせい》の書いた作品は読んだことがなかったが、女性《じょせい》の作家が存在《そんざい》することは知っていた。だったら、彼女《かのじょ》の風変わりな態度《たいど》にもうなずける。作家というのは、変わった人種だ。新聞を読んでいれば、それはよくわかる。

それをきくと、白いドレスの女は、学校の教師《きょうし》と言われたときよりもさらにおかしそうに言った。

「いいえ、ちがうわ、作家だなんて！　だけど、物語はたくさん知っているの」

そして、指先をトントンと合わせながら、目を輝《かがや》かせた。「ためしに一つ、話させてちょうだい。そうすれば、おもしろいかどうかわかるでしょう？」

正直言って、気が進まなかったけれど、ことわるのは失礼に思えた。ずいぶん変わった申し出だと思いつつ、ほかの乗客のようすをそっとうかがったが、あいかわらず全員ぐっすりと眠《ねむ》っていた。

「ひまつぶしにちょうどいいでしょう？」

「そうですね、そういうことなら……」ぼくはため息をついて、もう一度、同室の乗客のほうをちらりと見た。だれか一人でもいいから、目をさまして、この状況《じょうきょう》から助け出してくれないだろうか。「……どんなお話ですか？」

「あまり言ってしまうと、楽しみがへってしまうわ」

「なるほど」ぼくはうなずいて、窓《まど》の外をながめた。

「植物学に興味《きょうみ》はある？」白いドレスの女はたずねた。

「植物学？」ぼくは言って、わざと横の司教にぶつかってみたが、効果《こうか》はなかった。

「草や木の研究よ」まるでひどくスリリングなことでも言ったみたいに、女はまた指先をトントンと合わせた。

「いえ、そんなには」ぼくはわずかにくちびるをゆがめた。「ないと問題が？」

「いいえ、ちっとも」女は言った。「まったく問題ないわ」

# 温室

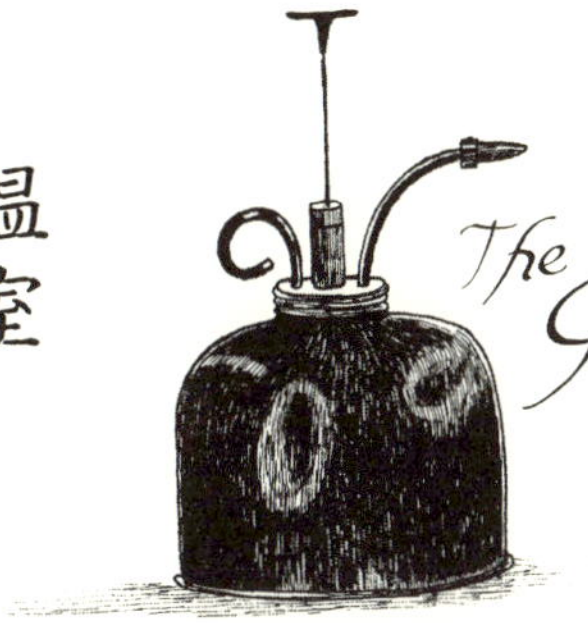

# The Glasshouse

オスカーは約二年ぶりに父親と顔を合わせ、まるで他人同士のように同じ朝食のテーブルにすわっていた。

どこかでしつこくハンマーを打つ音がきこえている。

父親はひざの上で長い指を組み、ハンマーの音に合わせるように親指と親指をトントンと合わせていた。

「学校はどうだね？」父親はにっこりと笑《え》みをうかべてたずねた。

オスカーの胸《むね》に説明できない不快感《ふかいかん》がこみあげた。

「学校はとても楽しいです」オスカーは答えた。

冷ややかな答えに父親の笑《え》みがゆらいだが、ほんの一瞬《いっしゅん》だった。

オスカーの父であるアルジャノン・ベントレーハリソンは、ブータンの森林でトラに敢然《かんぜん》と立ちむかい、ニューギニアで首狩《くびか》り族に目をつけられたときも、ものともしなかった。逆境《ぎゃっきょう》にあっても快活《かいかつ》さを失わないことが、彼《かれ》の強みなのだ。

「とても楽しい？　ほかに何か報告《ほうこく》することはないのか？」

「ぼくは学者タイプではありません――きいていらっしゃるのが、学業の成績《せいせき》のことでしたら」

「ありえん。おまえは賢《かしこ》い子だ」

「賢《かしこ》くないとは言っていません。ただ、言葉や本や数字や、なんであれ学者に必要なものへの関心はもちあわせていないということです。ぼくの興味《きょうみ》は別のところにあります」

「わたしと同じだな」父親はわが意を得たりというようにうなずいた。「わたしも教室にとじこめられているのは性《しょう》に合わん。世界には、どんなにりっぱな図書館にもおさまりきらないような、興味深《きょうみぶか》いものがたくさんあるからな。それこそが、わたしを地球の果てまで駆《か》りたてるのだ。知識《ちしき》を求めて！　かなり高尚《こうしょう》な知《ち》識《しき》に思えるかもしれんが。おまえも、いっしょに来られる年齢《ねんれい》になれば、わたしの植物のコレクションがいかに重要なものか、わかるようになるだろう――」

「ですが、お父さん」オスカーはハアッとため息をついて、さえぎった。「ぼくは花になんて、まったく興味《きょうみ》はないんです」

ベントレーハリソン氏のほほを引っぱたいたとしても、ここまで絶大《ぜつだい》な効果《こうか》は得られなかっただろう。花は、彼《かれ》の人生であり、情熱《じょうねつ》だった。

ベントレーハリソン氏の妻《つま》は一度、ディナー・パーティの席で冗談《じょうだん》まじりに言ったことがある。

「火事になったら、夫は、家族と、貴重《きちょう》なラン類と、どちらを助けに走るかわかりませんわ」

それをきいて、お客は笑ったが、ベントレーハリソン母子にとっては苦いあと味が残る冗談《じょうだん》だった。その答えは、二人ともよくわかっていたからだ。アルジャノン・ベントレーハリソンはまずランを救うだろう。

「花に興味《きょうみ》はないだと?」ベントレーハリソン氏は言った。「だが……しかし……わたしにはわからん、おまえは昔からずっと花が好きだったではないか」

「いいえ、お父さん」オスカーは首をふり、むっつりとして顔をそむけた。「これまで何度も言おうとしたのに、お父さんはきこうとしなかったんです」そして、父親のほうへ向きなおった。「一度だって、きいてくれませんでした」

ベントレーハリソン氏はこめかみをおさえ、青白い肌《はだ》にぐるぐると円を描《えが》きはじめた。「だが、昔からの夢《ゆめ》だったのだ。おまえと二人で――」

「それはお父さんの夢《ゆめ》でしょう。ぼくの夢《ゆめ》じゃありません。一度だって、ぼくに何をしたいか、きいたことがありますか!?」

最後の一言は、思ったよりも声が大きく、つっかかるような言い方になってしまった。だから、父親がしかりもせずに、だまってじっとひざを見つめているのを見て、オスカーはおどろいた。

父親は、重々しく両手をひざにもどした。

「お父さん？」ずいぶんたったように思えるのに、ベントレーハリソン氏がまだだまっているので、オスカーは声をかけた。

「では、おまえは何をしたいと思っているんだね？」父親はあいかわらず下を見たまま、たずねた。

父親がこんなふうにしゃべるのは、初めてだ。冷たく、機械的な声だった。

「さあ、一生の仕事として何をするつもりなのか、きかせてくれ」

「自分で事業を始めたいと思っています。おじいさまが始めたような店をひらきたいんです」

「店……？」ベントレーハリソン氏は、奇妙《きみょう》な外国語を初めて口にするときのようにゆっくりとききかえした。「店だと？」

アルジャノン・ベントレーハリソン氏の父親は、店をもっていた。アルジャノンは、いやいやそこで働かされていたが、母親にたのみこんでやっと大学へ行かせてもらった。息子《むすこ》が同じ道に入るのをいやがったことで、アルジャノンの父親はひどく失望した。今になって運命が、そのときの親不孝《おやふこう》の罰《ばつ》をアルジャノンにくだしたかのようだった。

「おじいさまとは何度も話していたんです、いつかおじいさまの店をまた始めようって。おじいさまはいろいろ教えてくれました。大金が必要なわけではありません。お金なら、うちにはたくさんありますし」

ベントレーハリソン氏は息子《むすこ》を見つめた。たしかに彼《かれ》の父は孫《まご》であるオスカーに特別な関心をよせていた。いつのまにかオスカーに商売に対する情熱《じょうねつ》を植えつけたのだろう。

その父が亡《な》くなってから、アルジャノンが事業を売って相当な金額《きんがく》を手にしたのも、事実だ。だが、その金をありふれた目的のために使わせるつもりはなかった。

「残念だが、あの金はわたしが使う。新しい温室には、金がかかるんだ。建てるのにも、維持《いじ》するのにもな。つねに一定の温度を保《たも》つように、あたためなければならないのだよ」

「でも――」

「それに、金の大半は、今後の遠征《えんせい》旅行の資金《しきん》になる。新しい温室に入れる新種の植物をさがすためのな。おまえもいっしょに来ると思っていたわけだが」

「おじいさまのお金を全部自分のために使うつもりですか？」オスカーは今や父親と同じくらい冷ややかな声で言った。

「今はわたしの金だ、オスカー。だが、おまえの質問《しつもん》に答えよう。わたしはあの金を、知識《ちしき》の探求《たんきゅう》のために、科学の発展《はってん》のために使うつもりだ。それ以上りっぱな使い道があるか？」

父と息子《むすこ》はしばらくにらみあった。

やがてオスカーは椅子《いす》をさげて立ちあがった。

「失礼します、お父さん」ベントレーハリソン夫人が入ってきたのを見て、オスカーは言った。「宿題がありますので」

「オスカー？　どうかしたの？」母親は、息子《むすこ》がぐっとくちびるをかみしめているのに気づいた。

「なんでもありません、お母さん」オスカーは答えた。

「アルジャノン？」息子《むすこ》が出ていくのを見て、ベントレーハリソン夫人は夫のほうへ向きなおった。

「何も問題ないよ」ベントレーハリソン氏は苦々しい笑《え》みをうかべた。「そうやってさわがないでくれ。あいつも、ほしいものがなんでも手に入るわけではないということがわかる年齢《ねんれい》だろう」

そして、テーブルの上にあった〈タイムズ紙〉を手にとると、読みはじめた。

その横で妻《つま》は、はるか昔に自分もまさに同じことを学んだのを思い出していた。

オスカーは前もって母親に、店をひらきたいという気持ちを父親に話すつもりだと打ちあけていた。

父親の趣味《しゅみ》にまったく関心はないという息子《むすこ》の気持ちを、夫人は痛《いた》いほどわかった。夫人自身、植物にはなんの興味《きょうみ》もなかったのだ。

もしそれを知ったら、ベントレーハリソン氏は息子《むすこ》の告白以上にショックを受けただろう。

夫人は、かれこれ二十年以上も植物に興味《きょうみ》があるふりをしつづけてきた。夫と同じ情熱《じょうねつ》を燃《も》やすことができれば、愛のない結婚《けっこん》生活もすこしはましなものになるかもしれないと思ってのことだったが、結局は、かけがえのない助手兼《けん》熱心な話のきき役としての役割《やくわり》におさまっただけだった。愛は、本にささげればいい、と夫人は結論《けつろん》した。そして、ほかの人を愛せばいい。

いっぽう、オスカーは、氷のような怒《いか》りを燃《も》やしながら猛烈《もうれつ》ないきおいで自分の部屋へもどり、窓辺《まどべ》に立って、外をながめた。

職人《しょくにん》たちがせかせか動きまわって、もうすぐ到着《とうちゃく》する貴重《きちょう》な植物のため、バカでかい温室の仕上げをしていた。

父親が仲間の植物学者に自分の新しい王国を見せてまわっているところが、目にうかんだ。お客はホウッとため息をついてうなずき、うらやましげにぼそぼそつぶやくだろう。

ふいにオスカーは悟《さと》った。自分の唯一《ゆいいつ》の望みは、その空想を幻想《げんそう》に終わらせることだと。父親の得意げな笑《え》みを、うかべるまもなく葬《ほうむ》り去《さ》ることだと。

一週間後、作業は完了《かんりょう》した。温室のガラス窓《まど》は太陽の光を浴びてまばゆく輝《かがや》き、蒸気《じょうき》であたためられた室内では、ジャングルの幻影《げんえい》がうねり、とぐろをまいていた。

工事が終わり、職人《しょくにん》たちがいなくなると、オスカーが両親に会う回数はますます少なくなった。

大きいのでこれまでしかたなく別のところで育てていた植物がとどけられ、芝生《しばふ》の上をそろそろと引きずられて温室へ運びこまれた。

オスカー自身はあんなに注意をはらってもらったり、大切にされたことはなかった。

母親は、父親のあとについて鋳鉄製《ちゅうてつせい》の柱のあいだを歩きまわり、それぞれの植物に何が必要か指示《しじ》をきいては、分厚《ぶあつ》いノートに書きとめていた。

オスカーの要求にはだれも耳をかたむけなかったし、熱心に書きとめられることもなかった。

オスカーにしてみれば、植物は巣に入りこんだカッコウのヒナだった。オスカーは植物を憎《にく》み、おそれた。熱帯の暑さのなかで、植物がぐんぐん育ち、増殖《ぞうしょく》して、やがて温室じゅうにはびこり、とぐろをまいたツルがピクピクと引きつるようにわななくさまが頭にうかんではなれなかった。

しかも、父親は植物のなかでもぞっとするようなすがたをしたものをとくに好んでいた。つい前日も、一年前に南アメリカのジャングルへ行ったときに発見した植物を見せられたばかりだった。

「こんな植物を見たことがあるか？」父親は言った。

「いいえ」オスカーは答えた。あるはずがない。その植物は、思わず目が引きつけられるような醜《みにく》さだった。

「こんなに力強く、早く成長する植物は、ほかに見たことがない。じっさい、しばらくここに立っていたら、のびるのが目で見られそうだ」

その植物はすでに巨大《きょだい》だった。太い茎《くき》のてっぺんが球根状《きゅうこんじょう》にふくらんでいる。色は濃《こ》い緑色だったが、茎《くき》のなかを真っ赤な細い血管のようなものが走っていた。

オスカーは胸《むね》が悪くなって、あとずさりしたくなるのをなんとかこらえた。

植物には巻《ま》きひげがあり、となりの木の枝《えだ》にからみつくようにのびていた。その一本一本から、にごった緑色をした奇妙《きみょう》な球体がぶらさがっていた。

「あれは花だろうか、実だろうか？」父親は球体を指さしながら言った。「われわれにはまだわからん。ようすを見るしかない。分類すらはっきりしないのだ。おまえが植物学にそれほど興味《きょうみ》をもっていないのはわかっているが、それでもさすがにこれには興味《きょうみ》もわくだろう。どうだ、すばらしいと思わんか？」

オスカーには、父親のような好奇心《こうきしん》はなかった。だが、少なくとも、この植物は醜《みにく》いだけだ。ほかのものは毒まであるのだ。

温室には、針《はり》のように鋭《するど》いトゲやノコギリのような縁《ふち》をもつ葉が密生《みっせい》していた。一刻《いっこく》も早くここを出たい。一刻《いっこく》も早く、父親から、そしてぞっとするような植物たちからはなれたい。

父親がこんなものに夢中《むちゅう》になっていることへの怒《いか》りと、植物に対する嫌悪感《けんおかん》と、頭がぼうっとするような悪臭《あくしゅう》のただよう温室の空気がいっしょくたになっておしよせ、オスカーは吐《は》きそうになった。

自分が人生に求めるものを手に入れられないのなら、父親が夢《ゆめ》をつぶされるさまを見物してやろうじゃないか。

オスカーはすっかり得意だった。じっさい、自分の頭のよさにおどろいていた。自分で自分の運命を切りひらいたことで、体が大きくなったような気さえする。

祖父《そふ》が生きていたら、きっと誇《ほこ》りに思ってくれるはずだ。

オスカーは発見したのだ。父親が貴重《きちょう》な植物の葉にスプレーしている水にほんの少量塩をまぜるだけで、はかりしれない打撃《だげき》をあたえられることを。

しかも、父親が自分の手で植物に毒をふりかけるのを見るのは、甘美《かんび》な喜びだった。

ベントレーハリソン氏は、珍種《ちんしゅ》のランが理由もわからないまま、しおれて枯《か》れるのを見て、打ちのめされた。どの本を調べても、そうした症状《しょうじょう》は載《の》っていなかった。

父親がうろたえ、悲嘆《ひたん》にくれるのを見て、オスカーはほくそ笑まずにはいられなかった。

わずかな良心の呵責《かしゃく》を感じたとしても、父親の冷たい仕打ちを思い出しさえすればよかった。事業を始めたいという息子《むすこ》の希望に、ろくに耳を貸《か》そうともしなかったのだから。

オスカーは賢《かしこ》かった。決して塩を入れすぎるようなまねはしなかったし、入れるのも、水やりの直前にしていた。じょうろと噴霧器《ふんむき》を徹底的《てっていてき》に洗《あら》い、さらに新しいものに買いかえても、原因《げんいん》不明の葉枯《はが》れは続いた。植物は次々しおれていった。

オスカーの父親は日に日に元気を失っていった。

オスカーの父親は庭師《にわし》や使用人が温室に入るのをいっさい禁《きん》じた。オスカーと母親も、まだ本には載《の》っていない病気を、そうとは知らずに媒介《ばいかい》している可能性《かのうせい》があるので、植物にふれないよう言いわたされた。

オスカーにとっては、願ったりかなったりだった。もともとあんな気味の悪い植物にふれたくもないのだ。

父親が水やりや肥料《ひりょう》をすべて自分で管理するようになったので、水に塩を入れるのはむずかしくなった。しかし、それだからこそ、達成したときの喜びは大きかった。

最後に塩を入れてからしばらくたった。そろそろ作業のために温室に入らなければ。

朝食のあと、両親のすがたは見ていない。父親は大切な植物をよみがえらせることだけに没頭《ぼっとう》していたので、最近ますます息子《むすこ》に関心をはらわなくなっていた。どうせ両親は温室にいるのだろう。オスカーはそう思い、二人が出てくるのをじりじりしながら待った。出てきたら、入れかわりにこっそり忍《しの》びこんで、もっと被害《ひがい》をあたえてやる。

それにしても、いくらなんでもこんなに長いあいだ、一度も休まずに蒸気《じょうき》の立ちこめた温室にいられるだろうか。出口のそばで待ちぶせしはじめてから、もう数時間たつ。どこか別のところにいるのかもしれない。なんにしろ、たしかめてみるしかない。

オスカーは何気ないふうをよそおって、ぶらぶらと温室へ入っていった。

入るとすぐに、なかの空気がいつにも増《ま》してじっとりと重苦しいことに気づいた。

それだけではない。何かにおいがする。なんのにおいとは言えない、甘《あま》くうっとりとするようなにおいだ。濃厚《のうこう》な酔《よ》わせるような香《かお》りは、これまでかいだことがないものだったが、ハチがバラに引きよせられるように、オスカーはその香《かお》りに引きよせられた。

角を曲がると、両親のすがたが見えたので、オスカーはひそかに毒づいた。数週間前に父親が見せた巨大《きょだい》な醜《みにく》い植物の横に立っている。

父親は、こちらに背《せ》を向けていた。

近づいていくと、父親の足が地面についていないことに気づいた。地面から五、六センチほど上にうかんでいるように見える。ハッとして見ると、父親の背中《せなか》から、十五センチほどのトゲがつきでていた。

オスカーは前へ出た。

父親と母親の体を、巨大《きょだい》なトゲがつらぬいていた。地面からとびだしてきたトゲが二人の命を奪《うば》ったのだ。

母親の息の根をとめたトゲは、胸《むね》にかかえたノートもろとも母親の体を串《くし》ざしにしていた。父親と同じで、母親の体もトゲにかかげられるように、地面の数センチ上にぶらさがっている。

二人とも口をあんぐりとあけ、目を見ひらいて前を見つめていた。母親は仰天《ぎょうてん》したような表情《ひょうじょう》を、父親は驚異《きょうい》の念に打たれたような表情《ひょうじょう》を、うかべている。

二人の前には、例の実とも花ともつかない丸いものがぶらさがっていたが、二つとも裂《さ》けて、しぼんだ風船のようにたれていた。

自分の心臓《しんぞう》がバクバクとものすごい音をたてているのがきこえる。オスカーはショックを受け、恐怖《きょうふ》におののいた。

ところが、そうした感情《かんじょう》があっという間に消えていくのに気づいて、がくぜんとした。

両親の死を願ったことは、本当にない。ぜったいにない。だが、両親が死んでも、大して悲しいとも思わないという事実に、オスカーは気づいてしまった。しかも、そんななけなしの悲しみすら、これで祖父《そふ》のお金はすべて自分のものになると思うと、すぐにやわらいだ。店をひらくという夢《ゆめ》をかなえることができるのだ。

自分が大切にしていたくだらない植物に命を奪《うば》われるはめになるなんて、こんな皮肉なことがあるだろうか。あれだけ甘《あま》やかし、あれだけの金をつぎこんだのに、植物たちはその愛に応《こた》えなかったのだ。

もう一度母親の顔を見て、オスカーはぞっとした。

あんぐりとあいた口のなかに、小さな芽が生えている。

オスカーはブルッとふるえた。母親の体内で植物が育っている。母親の体を養分にしているのだろうか?

考えたくない。早く使用人をよんで、警察《けいさつ》か医者か、こういったときによぶべき人間をよびに行かせよう。

そのとき、母親の目がピクピクと痙攣《けいれん》して、まばたきした。

なんてことだ。まだ生きてる！　ということは、父親も生きているかもしれない。

オスカーは本能的《ほんのうてき》に一歩前へ出たが、ハッとして立ちどまった。だめだ。植物のそばに行くのは危険《きけん》だ。たしかに母親は生きているかもしれないが、助けるのは無理だろう。オスカーはそう自分に言いきかせた。もう二人とも、助からない。

使用人をよぼう。そう、すこしたってから。急いでもしょうがない。

オスカーは、相続した金でひらく店のことを考えまいとしたが、うまくいかなかった。こんな悪魔《あくま》のような植物に金がむだに使われることは、もうないんだ。

そう思いながら、そろそろと後ろにさがったとたん、頭の後ろに何かがふれた。

オスカーはパッとふりかえった。

てっきりおびえきった使用人が立っているのかと思いきや、目の前にぶらさがっていたのは、例の奇妙《きみょう》な緑色の実だった。

この実は裂《さ》けていないなと思ったとたん、いきなり実がはじけ、オスカーの顔に胞子《ほうし》を浴びせかけた。

オスカーの鼻や口や目に、こまかい胞子《ほうし》が入りこんだ。

たちまち体がしびれはじめたが、オスカーはまだかろうじて動く腕《うで》をのばし、実がぶらさがっているツルにつかまろうとした。

ツルをおおっている長くて白い毛にふれたとたん、ヒュッとムチが鳴るような音がして、オスカーは胸《むね》の、心臓《しんぞう》のすぐ下あたりに強い衝撃《しょうげき》を感じた。

かなり強い力だったが、オスカーはたおれなかった。というのも、衝撃《しょうげき》の原因《げんいん》は、悪魔《あくま》の植物の根元からネズミ捕《と》り器《き》のような瞬発力《しゅんぱつりょく》でとびだしてきた六十センチほどのトゲだったのだ。トゲは信じられないようなスピードでオスカーをつらぬいて、がっちりと捕《と》らえた。

ぼくは死んだのだろうか。一瞬《いっしゅん》、そんな考えが頭をよぎったが、そうでないことはわかっていた。痛《いた》みもない。さっきの胞子《ほうし》かトゲに、麻酔《ますい》のような成分があるにちがいない。

痛《いた》みは感じなくとも、トゲからすでにツルがのびはじめているのははっきりとわかった。数時間もたてば、口からツルが生えるにちがいない。

そして、視界《しかい》のはしに見えている母親と同じように、玉虫色に変化する深いブルーの小さなかわいらしい花を咲《さ》かせるだろう。

‡　‡　‡　‡

物語が終わると、ぼくは知らず知らずのうちにあえいでいた。まるで自分までオスカーや気の毒な両親のように忌《い》まわしい植物にとらわれ、体が麻痺《まひ》していたかのようだった。

最後の破滅《はめつ》の光景が、ぞっとするほどありありとうかんだ。

温室の重苦しい熱気やよどんだ空気まで感じられるような気がする。残忍《ざんにん》な植物の葉の一枚《まい》一枚《まい》、ツルの一本一本にいたるまで見えるようだったし、青い花から発散される香《かお》りまでかげるような気がした。

しかも、その場にもう一人別の人間がいたのを、ぼくははっきりと感じた。

温室の、木の葉が落とすまだらの影の中に、もう一人別の人間がいる。

だが、そのくっきりとしたイメージは、砂《すな》に描《か》いた絵が満ちてくる潮《しお》に洗《あら》われるかのように、みるみるくずれて、消えてしまった。

そのせいか、ぼくはみょうな脱力感《だつりょくかん》に襲《おそ》われ、ぐったりしてしまった。物語をきくという行為《こうい》が、本当なら頭のなかの活動であるはずなのに、まるでじっさいに体を動かしたみたいだ。頭がクラクラして、体のエネルギーを使いはたしたように感じる。たった今きいた物語の細部を思いかえしているというより、走ったあと、体力を回復《かいふく》しようとしているようだった。

白いドレスの女はにっこりほほえんだ。物語がぼくにもたらした効果《こうか》を見て、悦《えつ》に入っているのにちがいない。

ぼくは決まり悪くなって、目を合わせなくてすむように窓《まど》の外をながめた。

白状《はくじょう》すると、白いドレスの女の物語は、ぼくが予想していたものとまったくちがった。女性《じょせい》についてはかぎられた経験《けいけん》しかないけれど、ぼくの母親は――生みの母も駅で別れた横どり女も――今みたいな身の毛もよだつような物語を好んだりしなかった。

ぼくは興味《きょうみ》をそそられた。それと同時に、かなりとまどってもいた。もちろん薄気味悪《うすきみわる》い物語のせいでもあるが、それを語ったのが女性《じょせい》であるということに、自分がどことなくおもしろみを感じているのに気づいたからだ。しかも、その女《じょ》性《せい》というのが、教会のバザーのほうが似《に》つかわしいような上品できちんとした女《じょ》性《せい》なのだ。

白いドレスの女には、どこか魅力的《みりょくてき》なところがあった。

ぼくはなんて言ったらいいのかわからなかったし、その混乱《こんらん》した気持ちが顔に出てしまっていることは、自分でもわかった。

ぼくは急にズボンのしわに関心をもったみたいに脚《あし》の部分をゴシゴシこすってから、ほかの乗客たちを見まわした。

農夫も医師《いし》も司教も少佐《しょうさ》も、全員眠《ねむ》りこけている。

「真っ昼間からよくこんなに眠《ねむ》れますよね」ぼくはちょっと非難《ひなん》めいた口調で言った。

「疲《つか》れているんでしょう」白いドレスの女は言った。

「でも、まだ列車に乗ったばかりですよ」

「かもしれないわね」白いドレスの女は悲しそうな笑《え》みをうかべて、眠《ねむ》っている男たちを見た。それから、ぼくのほうへ向きなおると、身を乗りだして、ぼくのひざをそっとたたいた。

「あなたもずいぶん疲《つか》れているように見えるわよ」女は心配そうに言った。

「ぼくが？　疲《つか》れている？　いいえ、ぜんぜん疲《つか》れていません」

「本当に？」

ぼくは重たいまぶたをもちあげてまばたきをすると、精《せい》いっぱい眠《ねむ》くないふうをよそおった。でも、目を見ひらきすぎて、かえって滑稽《こっけい》だったかもしれない。

白いドレスの女はまたにっこり笑うと、座席《ざせき》によりかかった。

「ほかにも物語はあるのよ、きく元気があればだけれど」

「だから、本当に眠《ねむ》くなんかありません」ぼくは答えた。

「でも、無理強《じ》いしたくないの。わたしの物語のことを、女性《じょせい》が話すにはふさわしくないし、若《わか》い人にきかせるような話じゃないって思っているんじゃない？いやな思いをさせる気はないのよ」

本当は、ぼくがどう思っているかなんてちっとも気にしていないのはまちがいなかった。それどころか、ぼくによく思われたいとすら思っていない。その逆《ぎゃく》だ。彼女《かのじょ》は、ぼくを不安がらせて、楽しんでいるのだ。

「そんなふうに思っていません」

ぼくはもう一度、ほかの乗客のほうを見て、一人でもいいから目をさまして、またみょうな話をきかされる前に助け舟《ぶね》を出してくれと念じた。

それから女のほうへ視線《しせん》をもどすと、期待に満ちた顔でぼくを見ているので、何か言わなければならないような気持ちに駆《か》られた。

「今度は、どんな話なんですか？」

「二人の少年と塚《つか》の話よ。おもしろいと思うわ」

「二人の少年と塚《つか》？」失礼にならないようことわる方法はないだろうかと思いながら、ぼくはめいった気持ちできかえした。「塚《つか》って、アリ塚《づか》とか？」

「いいえ、そうじゃないの。だけど、あまり先に話してしまうと、おもしろくないでしょう……？」

島

# The Island

ヘンリー・ピーターソンは、弟のマーティンと二人で使っている部屋の屋根窓《やねまど》をあけた。この田舎家《いなかや》に着いたのは、きのうの夜、おそくなってからだ。黒々としたオークの林から、フクロウの声だけがきこえていた。だから、まわりの景色をきちんと見るのは、初めてだった。

家は、最近亡《な》くなった父方の祖母《そぼ》のものだった。二人とも祖母《そぼ》とはあまり会っていなかったし、ヘンリーは小さいころ、この家へ来たことがあると言われたけれど、何もおぼえていなかった。そのときマーティンはまだ赤んぼうだった。

父親は、何年も前に祖母《そぼ》と仲たがいをして、それきりほとんどしゃべっていなかった。それもあって、ヘンリーにとってみれば、祖母《そぼ》はすでに死んだも同然だったから、じっさいに亡《な》くなったときいても、大して悲しくはなかった。ずっと遠ざけられていたものが、これで本当に手に入らなくなったという、心残りのような思いをうっすら感じただけだった。

ヘンリーは窓《まど》から身を乗りだした。

両側の壁《かべ》をバラのツルが伝い、上からも枝《えだ》がたれるように黄色い花を咲《さ》かせ、ハチが飛びまわっている。

庭を見わたすと、正面に小さな果樹園《かじゅえん》、右側には家庭菜園があって、エンドウマメやサヤインゲンが長い棒《ぼう》に巻《ま》きひげをからませていた。

小鳥たちがこずえでさえずっている。

家は、丘《おか》を背《せ》にして建っており、目の前にウィルトシャー州全体が広がっているように思えた。じっさい、数キロ先まで見わたすことができた。

敷地《しきち》の境界線《きょうかいせん》になっているのび放題の生垣《いけがき》の向こうは、広大な緑のオオムギ畑だった。あたたかい南風がふきつけ、サアッと波がわたっていく。見わたすかぎり広がる畑に波がおしよせては引き、麦がうねるさまは、あたかも緑色の大海原《おおうなばら》のようだった。

ヘンリーはうっとりと見入った。

「何を見てんの？」弟のマーティンが眠《ねむ》そうにきいて、ため息をつくと、昼寝《ひるね》から目ざめたネコのようにのびをした。

「外へ出て、家のまわりを見てまわろうぜ」ヘンリーはふりむきもせずに答えた。

「最高の天気だしさ。向こうにアナグマがいるって、父さんが言ってたよ」

「もうちょっと寝《ね》かせてよ」マーティンはまたベッドにもぐりこんだ。「アナグマなんて、どうでもいいじゃん」

ヘンリーは首を横にふって、ニヤッとした。

「おれの学校に来たら、一日じゅうゴロゴロしてられないぞ。ヒンクリーの野郎《やろう》にボコボコにされるのがオチだ」

「だからできるときに、ゴロゴロしておくんだろ。大体、今は休暇中《きゅうかちゅう》だからね。好きなだけベッドで寝《ね》ていられる」

「いいや、それはだめだ！」廊下《ろうか》から声がきこえた。父親がドアをあけて、ひょいと頭を出した。そして、きっぱりとした口調で、すぐさま起きて、着がえて外へ出ろと言った。

両親は、これから家のかたづけがあった。そもそも、そのために来たのだ。だれかの迷惑《めいわく》になるようなことをしたり、畑に勝手に入ったりしないよう、父親は息子《むすこ》たちに言いふくめた。

そういうわけで、結局はヘンリーの思惑《おもわく》どおり、二人は起きて、朝食をとり、父親が寝室《しんしつ》にあらわれてから三十分もたたないうちに、庭の小道を歩いていた。

周囲には草が高く生いしげり、コオロギがチリチリチリと鳴いていた。

「さてと」高い生垣《いけがき》のかげになった小道をぶらぶらと歩きながら、マーティンは大あくびをした。「これからどうする？」

「さあな」ヘンリーは陽気に言った。「適当《てきとう》に探検《たんけん》しようぜ」

「探検《たんけん》するような場所はなさそうだよ」マーティンは不満げに言った。さっきたたき起こされたことをまだ根にもっているのだ。「どこを見たって、よくある田舎《いなか》じゃないか」

ヘンリーは笑って、弟をこづいた。マーティンをその気にさせるのはそうむずかしくない。あんのじょう、マーティンは笑って、ヘンリーをこづきかえしてきた。

やがて生垣《いけがき》の切れ目に出たので、ヘンリーはさっき窓《まど》から見ていた広大なオオムギ畑にそって歩いていたことに気づいた。

「よし。〈島〉に行こう」ヘンリーは言った。

「〈島〉?」マーティンはまわりを見まわした。「島ってなんだよ? なんの話?」

「ほら、あそこの〈島〉だよ。さっき家から見えたんだ。もちろん海じゃないのはわかってるけど、島としか言いようがないだろ。いや、ほんとの島よりいいな。だって、ぬれずに行けるからね」

「勝手に畑に入るなって言われたろ?」マーティンは言った。

「だれも気にしないさ」ヘンリーは屈託《くったく》なく言った。「大体、父さんはおばあちゃんのがらくたをかたづけるのにいそがしくて、おれたちのことなんかにかまっちゃられないよ」

「そうかもしれないけど……」マーティンは口ごもって、ちらりと家のほうをふりかえった。

「だいじょうぶだって」兄のヘンリーはニヤッと笑った。「楽しもうぜ」

兄弟間の交渉《こうしょう》は、いつもこの調子だった。ヘンリーは冒険《ぼうけん》好きで、弟のマーティンは慎重派《しんちょうは》だ。けれど、結果は大抵《たいてい》同じで、ほとんどいつもマーティンが折れた。

「わかったよ。だけど、畑の持ち主がショットガンをもってあらわれたら、言いだしたのは兄さんだって言うからな」

「決まりだ」ヘンリーはにんまり笑うと、弟の背中《せなか》をピシャリとたたいた。「いざ〈島〉へ！」

マーティンは日ごろから、兄が持ち前の無謀《むぼう》な性質《せいしつ》のままつっ走るのを、自分がとめなければならないような気がしていた。少なくとも、兄の計画につきものの危険《きけん》だけでも指摘《してき》しなければ。いつも不安を口にしてみるものの、結局は説得されてしまうわけだが、じつはマーティンも兄と同じくらい、もしかしたら兄以上に、わくわくしていた。

少年たちは、オオムギをかきわけて畑へ入っていった。

太陽がさんさんと輝《かがや》き、畑全体がゆらゆらとゆらめいて見える。深いブルーの空には雲一つなく、〈島〉の濃《こ》い緑色の輪郭《りんかく》がくっきり見えた。

頭上でヒバリがはりきって歌う声だけが、目ざめつつある世界に響《ひび》いている。淡《あわ》い黄緑色のチョウが、ひらひらと飛んでいった。

ヘンリーの予想に反して、〈島〉まではかなり時間がかかった。

ようやくそばまで行くと、〈島〉は寝室《しんしつ》の窓《まど》から見たときよりもはるかに大きく、生えている木もずっと高いことがわかった。

二人は、オオムギ畑から這《は》い出ると、木の根や幹《みき》やたれさがった枝《えだ》につかまって、〈島〉の急な斜面《しゃめん》をのぼりはじめた。

ヘンリーが、なんの木だろうと思っていると、それに答えるように〈島〉のてっぺん近くからマーティンが大きな声で言った。

「イチイの木だな。うちの町の教会に生えてるのと同じだ」

ヘンリーはうなずいた。マーティンの言うとおりだ。

二人はほんの小さいころから、教会のイチイの木で遊んでいた。何年ものあいだ、おおぜいの子どもたちにふれられてきたせいで、木の幹《みき》はサテンのようにすべすべになっていた。

けれど、この〈島〉のイチイにふれる者はいないようだった。

幹《みき》は、ところどころ赤茶色の樹皮《じゅひ》がはがれ、プラタナスのようにまだらになっている。幹《みき》と枝《えだ》がからみあって鳥かごのようになり、〈島〉の頂上《ちょうじょう》をおおいかくしていた。

マーティンは先にのぼって、宣言《せんげん》した。「ぼくは城《しろ》の王さまだ。そしておまえは、きたない悪党《あくとう》だ！」マーティンは歌った［イギリスの童謡］。「お百姓《ひゃくしょう》に気づかれるだろ！おれたちはスパイだ。スパイはでかい声をはりあげて歌ったりしないんだぞ」ヘンリーはどなった。「ぼくは城《しろ》の王さまだ」マーティンはさっきよりもさらに大きな声で、興奮《こうふん》気味にくりかえした。「そしておまえは、きたない――アアアー！」

マーティンの哀《あわ》れな悲鳴は、ザザザザッという何かがくずれたような音にかき消された。

ヘンリーは上を見て、ぎょっとした。マーティンのすがたが見えない。あわてて進むと、土ぼこりがただよってきて、目がヒリヒリと痛《いた》んだ。

「マーティン!?」ヘンリーはよんだ。「おい、マーティン、どこだ？」

「ここだ」苦しげな答えが返ってきた。「なかが空洞《くうどう》になってて――ウウッ、イテッ！――落ちちゃったんだ」

てっぺんまで行くと、ヘンリーにもどういうことかわかった。この〈島〉は自然にできたものではない。人の手でつくった室《むろ》のようなものだ。

「だいじょうぶか？」ヘンリーはきいた。

「たぶんな」マーティンは肩《かた》をすくめて、落ちてきた石をふりはらうと、髪《かみ》をゴシゴシこすって土を落とした。「脚《あし》をちょっと打ったけど、それだけだ」

「痛《いた》そうだぞ」ヘンリーは助けるために飛びおりた。マーティンのふくらはぎには真っ赤なみみずばれができていた。

「もっとひどいことになったかもしれないから」

「いったいここはなんだと思う？　氷室《ひむろ》かな？」ヘンリーは言った。

「氷室《ひむろ》？　ここが？」マーティンはフンと鼻を鳴らした。「だだっ広い畑のど真ん中にか？　こんなところまでいちいち氷をとりに来るかよ」

「じゃあ、氷室《ひむろ》ではないってことだな。なら、なんだよ？」ヘンリーはマーティンの口調にカチンときて、言った。

「おれにきくなよ」マーティンは傷口《きずぐち》を調べながら、顔をしかめた。

「おい、これはなんだ？」ヘンリーはかがんで、石の板をもちあげた。

その下から出てきたものがなんだかわかったとたん、二人とも飛びのいた。

二人の足元には、半分うずもれた骨《ほね》があった。

「動物の骨《ほね》だな」ヘンリーはむとんちゃくな口調で言った。「ずいぶん昔からここにあったにちがいない。かなり古そうだ」

「そうだな。なんの動物だろう？」マーティンは言った。

「さあな。アナグマとか？」

ヘンリーがもう一度かがんで、石をいくつかどけると、胴体《どうたい》の部分が出てきた。

二人が金属《きんぞく》の槍《やり》に気づいたのは、そのときだった。

動物のあばらを、まっすぐつらぬいているのは、一メートル二十センチほどの投《な》げ槍《やり》だった。緑青《ろくしょう》がふいて緑色になっているところを見ると、銅《どう》か何かでつくられているにちがいない。

ヘンリーは手をのばしてつかもうとした。

「だめだよ！」マーティンはおし殺した声で言った。「さわるべきじゃない」

「赤んぼみたいなこと言うなよ。こいつは文句《もんく》なんか言えないさ、だろ？　ちょっと見るだけなんだからさ」

マーティンは兄の腕《うで》をつかんだ。「このままにしとけ。おれたちのものじゃないんだから」

「だれのものでもないだろ。少なくとも、生きてる人間のものじゃないさ。こいつをさした人間は、とうの昔に死んでるんだから」

「だけど、どうしてだと思う？」マーティンはなおも言った。

「どうしてって何が？」ヘンリーはわざと大げさなため息をついた。

「どうしてこの動物を槍《やり》でさしたあと、その上にこんなものを建てたんだと思う？」

「知るかよ。宗教的《しゅうきょうてき》なものだろ。異教《いきょう》の信仰《しんこう》とか、そういうやつ」

するとと、いきなりマーティンが手をたたいた。

「そうか、わかったぞ！」マーティンは動物の骨《ほね》を見やった。「ここは墓《はか》だ。埋《まい》葬塚《そうづか》ってやつだよ。父さんがくれた本に出てた。おぼえてるだろ？」

ヘンリーもうなずいた。マーティンの言うとおりだ。

あの本には、いろいろな角度から見た埋葬塚《まいそうづか》の絵が載《の》っていた。外から見た図と、半分に切ってひらいたような図と、遺体《いたい》が埋葬《まいそう》品といっしょに葬《ほうむ》られているところを描《か》いた想像図《そうぞうず》だ。たしかに、ここも、同じような構造《こうぞう》だ。

「だけど、埋葬塚《まいそうづか》っていうのは、戦士とか王の墓《はか》だろ。これは、動物の死体じゃないか。そもそもこいつはなんの動物だと思う？」ヘンリーは言った。

「わからない。とにかく、このままにしておいたほうがいい」マーティンは言った。

けれどもヘンリーはまたしゃがんで、ほかにおもしろいものはないかと、骨《ほね》のまわりの石をどけはじめた。

「父さんをよんでこよう」なんとか兄をとめようとして、マーティンは言った。

「それとも、畑の持ち主をよぶか」

ヘンリーは肩《かた》をすくめて無視《むし》した。「興味《きょうみ》はないのかよ？」ヘンリーは言った。

「そりゃ、あるさ。だけど、考古学のことなんてぜんぜん知らないしさ。父さんをよびに行こう」

「ああ、行くよ。あとでな。おれはただ、大人に話すのは、自分たちで何か見つけられないかどうかやってみてからでもいいって言ってるだけだ。もしかしたら、大ニュースになるかもしれないんだぜ。大人の手柄《てがら》にすることないじゃないか。そもそも見つけたのは、おまえなんだぞ」

「そうかもしれないけど……」マーティンはためらった。

ヘンリーが石をどけたので、動物の骨格《こっかく》ははっきり見えるようになっていた。頭の部分がない。

ヘンリーはもっとよく見ようと、かがんだ。

マーティンも横にしゃがんだ。

「犬の一種？」意見というよりはたずねるように、マーティンは言った。

ヘンリーはまゆをひそめた。

だとしたら、ずいぶん変わった犬だ。でも――とヘンリーは考えなおした。かなり昔のものだから、今とはちがう種類の犬もいたのだろう。そう考えるのは、理にかなっている。

かぎ爪《づめ》があることに気づいたのは、マーティンだった。

「見ろよ」マーティンはヒュッと口笛をふいた。「こんなかぎ爪《づめ》の犬はいないぜ？　どっちかっていうとネコに近いな」

ヘンリーは何も言わなかった。マーティンの言うとおりだ。むしろネコに似《に》ている。だが、それにしては爪《つめ》がかなり曲がっている。タカのかぎ爪《づめ》に似《に》ているような気がしたが、こちらのほうがずっと大きい。ワシの爪《つめ》は見たことがなかったが、それに近いように思えた。

「もう行ったほうがいい」マーティンが言った。

「まだだ。骨《ほね》を全部、見つけてからだ」

「そうしたら、行くんだな？」マーティンは念をおした。

「ああ、そうしたら行く」ヘンリーはうわのそらで答えた。

二人は、塚《つか》の床《ゆか》に落ちている瓦礫《がれき》を引っかきまわした。

もうもうと土ぼこりがあがり、目が痛《いた》くてどうしようもなくなったので、しかたなくゴホゴホとせきこみながら、一度ひらけたところへ空気を吸《す》いに出た。

二人とも髪《かみ》がほこりで真っ白になっていたので、大笑いした。

土ぼこりがようやくおさまり、さんざん咳《せき》をして、口のなかの泥《どろ》を全部吐《は》きだすと、二人はようすを見にもどった。

足元には、頭以外すべてそろった骨格《こっかく》が横たわっていた。だが、はっきり見えるようになったことで、むしろ謎《なぞ》は深まった。緑色になった銅《どう》の槍《やり》につらぬかれ、標本箱の昆虫《こんちゅう》のように地面に釘《くぎ》づけにされているのは、見たこともない動物の胴《どう》体《たい》だった。

どうして犬だなんて思ったんだろう？　胴体《どうたい》が長すぎるし、脚《あし》はまったく犬とちがう。尾《お》はトカゲかワニのようだ。

二人とも、しばし言葉もなく立ちつくした。

「本物じゃないのかもしれない」しばらく骨《ほね》をながめたあと、マーティンが言った。「いろいろな動物からすこしずつ骨《ほね》をとって、不気味な動物をつくったのかも」

「どうしてそんなことをするんだ？　よく見ろよ。骨《ほね》は全部ぴったり合ってるぜ」

「きっと、もう絶滅《ぜつめつ》した動物なんだ」マーティンは決めつけるように言った。

「ほら、みんなが想像上《そうぞうじょう》の動物だって思ってるような——竜《りゅう》とかさ」

「でかい竜《りゅう》じゃないけどな。もし竜《りゅう》だとしても」ヘンリーは、マーティンの意見にうなずきながら言った。「きっとそうだ！　そして見つけたのはおれたちだ！

すごいぞ、マーティン、おれたち有名になれる！」

ヘンリーは手をのばして、槍《やり》をつかんだ。

「何するつもり？」マーティンが言った。

「もっとよく見たい。先端《せんたん》を見たいんだ」

「どうかな……」マーティンは言いかけた。

ヘンリーは大きく息を吸《す》いこんだ。マーティンお得意のうんざりするような説教が始まるのがわかったからだ。

「どうしてだよ？　こいつはだれのもんでもない。見るだけなら、なんの問題もないだろ？」

「昔はだれかのものだったんだ」マーティンは言った。

「今じゃ、そんなのどうだっていいことだろ」ヘンリーは笑った。

マーティンは顔をしかめた。

「それでもやっぱり盗《ぬす》みは盗《ぬす》みだよ。兄さんだってわかってるだろ。それに、この場所はどうもみょうだよ。どうしてこの動物はここに置いてあるんだ？　どうしてこんなふうに槍《やり》をつきさして、その上に塚《つか》をつくったりしたんだ？」

ヘンリーはため息をついて、無理やり笑《え》みをつくった。

「べつに盗《ぬす》もうってわけじゃない。見るだけだ。槍《やり》の先を見たら、あとはこのまま置いておいて、父さんをよびに行くからさ。それで、大英博物館とか、そういうところに手紙を書く。それでいいだろ？」

マーティンは一瞬《いっしゅん》考えたが、あれこれ考えあわせたすえ、首を横にふった。

「おれは、おばあちゃんの家へ帰る。それにはさわらないほうがいいと思うよ。どうもこの場所は気に入らない」

そう言いのこすと、マーティンは自分があけた穴《あな》から外へ這《は》い出ようとした。

「マーティン！」ヘンリーはさけんだ。「おい、マーティン！　女みたいにたいくつなこと言わずにもどってこいよ！」

けれども、どんなにどなっても、おだてても、おどしても、マーティンが一度決めたら、てこでも動かないことはわかっていた。

「ほんのちょっと見るだけだから！」ヘンリーはマーティンの後ろすがたに向かってどなった。

返事はなかった。マーティンがいなくなると、ふいに塚《つか》のなかがすこし暗くなったような気がした。

ヘンリーは両手で槍《やり》をつかんで引きぬこうとした。ところが、ピクリとも動かない。ヘンリーは、小声で悪態《あくたい》をついた。

「マーティンが帰るからいけないんだ。二人で引っぱれば、かんたんにぬけたのに」

ヘンリーは一度すわって、息を整えた。それで気づいたのだ。塚《つか》の暗いすみでほこりをかぶっているのを見て、すぐにピンときた。槍《やり》をぬくのはあとまわしにして、ヘンリーはそれをとりに行った。

頭の骨《ほね》だ。かなり大きい。体の大きさから想像《そうぞう》するより、ずっと大きかった。

でも、あの動物の頭であることはまちがいない。足元に横たわっている胴体《どうたい》の骨《ほね》と同じくらい、奇妙《きみょう》だったからだ。

この動物はなんだ？　いったいどんな動物が、こんな歯をもっているって言うんだ？　歯が二列になっていて、しかも、かなり鋭《するど》い。こんなあごをした動物は、今まできいたことがない。ヘンリーはヒュウと口笛をふいた。これは、すごいぞ！

ヘンリーはしゃがむと、頭蓋骨《ずがいこつ》を骨格《こっかく》の頭の位置に置いて、この奇妙《きみょう》な動物がどんなすがたをしていたのか、想像《そうぞう》しようとした。すべてそろった骨格《こっかく》をながめるために、立ちあがろうとして槍《やり》につかまると、槍《やり》がパタンと横にたおれた。

さっきさんざん引っぱったおかげで、ゆるんでいたのだろう。槍《やり》は地面からぬけ、かろうじて先端《せんたん》が動物のあばらのあたりに引っかかっていた。

ヘンリーはニヤッとして、もっとよく見ようと槍《やり》をもちあげた。

先端《せんたん》は期待していたほど、おもしろくなかった。鉄でできているらしく、数百年のあいだにすっかりさびて黒ずみ、ざらざらに腐食《ふしょく》していた。

もっと調べてやるという意気ごみをマーティンに見せつけたいのはやまやまだったが、たった一人でサメのような歯をした動物の骨《ほね》とこれ以上いっしょにいる気にはなれなかった。

ヘンリーは塚《つか》から這《は》い出ると、マーティンをよんだ。どうやらマーティンも、兄を一人で置いていきたくなくて、わざとぐずぐずしていたらしい。

ヘンリーは大きな声でよぶと、槍《やり》を頭の上でふりまわした。

マーティンはふりかえると、目を細めた。木々の上から太陽の光がさし、木とヘンリーのすがたが黒い影《かげ》になって見えた。

「なんだ、それ?」マーティンはさけんだ。

「さっきの槍《やり》だよ!」

「もとの場所にもどせ」マーティンからがっかりする返事がもどってきた。「帰って、父さんに話そう。兄さんもそう言ったろ」

「おまえにはときどき本当にうんざりするよ。頭蓋骨《ずがいこつ》を見つけたんだ。すごい歯だぜ！」ヘンリーはどなりかえした。

「興味《きょうみ》ない」マーティンは言った。

ヘンリーはため息をついた。マーティンはラバみたいに頑固《がんこ》で、一度こうと決めたら、ぜったいに考えを変えない。

「わかったよ。だけど、この槍《やり》はもっていくぜ」

「槍《やり》はそこへ置いて、父さんをよびに行くって言ったろ！」

「ああ、だけど気が変わったんだ。父さんにこれを見せる」

「どうしていつも兄さんが全部決めるんだよ!? 見つけたのは、おれだろ！」マーティンはどなった。

「ただ屋根をつきやぶって落ちただけだろ！」

「それでも、見つけたことには変わりない」すべて兄の思いどおりにはさせないぞと決意して、マーティンは言いかえした。

「わかったよ、なら、おまえにやるよ！」

そう言って、ヘンリーは槍《やり》を投げた。

槍《やり》は浅い弧《こ》を描《えが》いて、ドスッと音を立てて二人のあいだに落ちた。

けれども、ヘンリーは槍《やり》が地面に落ちたところは見なかった。槍《やり》を投げたとたん、後ろから物音がしたのだ。ヘンリーはハッとしてふりかえった。

すぐそばで、何か大きなものが動いたように見え、ガサッと音がした。

塚《つか》のどこかが、またくずれたのかもしれない。

「兄さん！」マーティンはカッとしてどなった。「なんてバカなことするんだ。こわしたかも――」

ヘンリーはオオムギ畑のほうへ向きなおったが、すでに弟のすがたはなかった。

ヘンリーは狐《きつね》につままれた思いでまわりを見まわした。マーティンのやつ、しゃべっているとちゅうでいきなり消えたみたいだ。

そのとき、すこしはなれたところで何かが動いた。最後にマーティンを見た場所のすぐ近くだ。オオムギがたおれて細い道ができ、大きく弧《こ》を描《えが》いて、また島のほうへもどってくる。

ヘンリーはにんまりして、塚《つか》から這《は》いおりた。

「おもしろいこと、考えるじゃないか、マーティン。だけど、しっかり見えてるぜ。大したボーイスカウトだな!」

ところが、オオムギはなおも次々たおれ、マーティンは返事もしない。

ヘンリーはしかたないなというように首をふると、弟がいたずらに飽《あ》きて、すがたをあらわすのを待った。

とうとうたおれたオオムギの跡《あと》が〈島〉のすぐ手前まできた。

ところが、そのまま後ろへまわって、ヘンリーの視界《しかい》から消えた。

しばらくすると、今度はイチイの木の後ろで何かが動いているのが見えたので、ヘンリーはニヤッとした。あれじゃ、バレバレだ。

ところが、そのとき、木のあいだを何かがのぼってくるのが目に入った。

それを見たとたん、ヘンリーはふるえあがった。

「マーティン！」ヘンリーは悲鳴をあげた。「マーティン！」

木のかげから、何か大きなものが塚《つか》の上にすがたをあらわした。大きい。四本足で立ち、何かぬれてズタズタになったものをくわえている。そしてそれを――かつてマーティンだったものを、塚《つか》のなかに引きずりこんだ。

ヘンリーはくるりと向きなおり、泣きじゃくりながら走りだした。道路まで、そんなに距離《きょり》はない。ヘンリーは足が速かった。学校でも学年一速かった。けれど、そのとき、槍《やり》のことが頭をかすめた。あの槍《やり》が、怪物《かいぶつ》を地面に釘《くぎ》づけにしていたにちがいない。あの槍《やり》さえ手に入れれば……。

ヘンリーは引きかえして、槍《やり》を地面から引きぬいた。そして、投げようとして腕《うで》を引いたが、まさにそのとき、オオムギが次々たおされ、自分めがけておそろしい速さで向かってくるのが見えた。

悲鳴をあげるまもなく、そいつはヘンリーに襲《おそ》いかかった。

行方《ゆくえ》不明になった兄弟の捜索《そうさく》がおこなわれた。

結局、農夫と二人の警官《けいかん》が遺体《いたい》になった兄弟を見つけたが、現場《げんば》の状況《じょうきょう》があまりにも特異《とくい》だったので、〈タイムズ紙〉が事件《じけん》をとりあげた。

少年たちは、畑の真ん中にある一部がくずれた塚《つか》のなかで発見された。農夫は、そんなものが自分の畑にあることすら知らなかった。

少年たちは、野生動物に襲《おそ》われたようだった。それから数週間のあいだ、狂犬病《きょうけんびょう》にかかった犬から、逃《に》げたトラまで、さまざまな動物の目撃情報《もくげきじょうほう》がよせられた。エイヴバリー道路のホームレスの老人にいたっては、ワニを見たと言いはった。

刑事《けいじ》は、塚《つか》の近くで、鉄製《てっせい》の切っ先に胴《どう》の柄《え》のついた槍《やり》を発見した。それについては、いまだに大英博物館の専門家《せんもんか》たちのあいだで議論《ぎろん》されている。

「まあ、そんな顔して！」白いドレスの女は、話しおわると言った。「こわがらせてしまったわね」

✣　✣　✣　✣

「いいえ、そんなことありません。本当に」ぼくは、女に笑《え》みを向けようとした。けれども、血のりのついた獣《けだもの》が、気の毒な少年たちを巣穴《すあな》に引きずりこむ場面がありありとうかんで、どうしても頭から追いはらうことができなかった。

「ただ、こんな話だとは思わなかったものですから。いいえ、本当に、このくらいではぼくはこわがったりしません」

白いドレスの女は不思議な、笑《え》みにならない笑《え》みをぼくに向けた。ぼくの言うことなど信じていないのだろう。

「どちらにしろ、ただのお話ですからね」ぼくは、彼女《かのじょ》がまちがっていることを証明《しょうめい》してやろうと心に決めて言った。「物語のなかでは、どんなにおそろしいことも起こりますからね。きいたときは、衝撃《しょうげき》を受けるかもしれませんが、いつまでも続くわけじゃありません。思わず物語に引きこまれたとしても、物語のなかの危険《きけん》はしょせん本当にあったことではないのですから。そうでしょう？　何が起こるかは、語り手が好きなように選べる。全部作り話なんですから」

「そうかもしれないわね」白いドレスの女は奇妙《きみょう》な表情《ひょうじょう》をうかべて窓《まど》の外に目をやった。

「かもしれないっておっしゃいましたが、まさか今のような話が本当にあったという意味じゃないですよね？」ぼくは不安になって思わず言った。

白いドレスの女はふりむいてほほえんだ。そして、さぐるようにじっとぼくの顔を見たので、ぼくは耐《た》えきれなくなって、目をそらしてしまった。結局、女はぼくの質問《しつもん》には答えなかった。

切り通しにさしこむ光がわずかに変わったためか、両側の崖《がけ》が前よりもさらに険《けわ》しくなったような錯覚《さっかく》をおぼえた。何もかもが、絵のように静止している。木の葉一枚《まい》、動いていないし、鳥一羽飛んでいない。ハチやチョウすら、その静けさをみだしはしなかった。

もう一度窓《まど》に顔をおしつけて線路の先をのぞこうとしたが、やはり何も見えない。客室の空気がよどんでいるように感じて、ぼくは立ちあがり、窓《まど》をあけて空気を入れかえようとした。外のようすももっとよく見えるはずだ。

ところが、窓《まど》の掛《か》け金《がね》が引っかかり、しばらくあれこれやってみたが、結局、親指を切っただけで終わった。

白いドレスの女は、まるで水槽《すいそう》の魚をながめているみたいに、やさしげな笑《え》みをうかべてそのようすを見ていた。

ぼくはすわって、だれか目をさますようすはないかとほかの乗客を見たが、あいかわらず、みんなぐっすりと眠《ねむ》りこんでいた。農夫は、少佐《しょうさ》の肩《かた》にだらしなくもたれている。ぼくのとなりにすわっている司教が、哀《あわ》れっぽいうめき声をもらした。

ぼくは時計をとりだして、ふってみたが、とまったままだった。

「ここでとまってからどのくらいたちますか?」ぼくはきいた。

「そんなでもないわ」白いドレスの女は楽しそうに言った。「さっき言ったとおりよ」

「ずいぶんたったような気がしますけどね」ぼくはムスッとして言った。女がはっきりとした時間を言おうとしないことにすこし腹《はら》が立ったのだ。いったいいつまで客を放っておくつもりだろう? バカみたいにここにすわらせておくつもりか? ぼくの父なら、こんなことはぜったいにゆるしはしないだろう。とはいえ、どうすればいいのかは、わからなかった。

白いドレスの女は、どこか母親のような仕草で手をたたくと、ぼくのほうを気づかうように見たが、いらだっているようすはなかった。

「いらいらしてもしょうがないわ。この方たちみたいに、のんびりしたほうがずっといいわよ。疲《つか》れていないの?」

おかしいのは、女がそう言うまで、これっぽっちも疲《つか》れなんて感じていなかったのに、いきなり耐《た》えられないような疲労感《ひろうかん》に襲《おそ》われたことだ。ふいに頭が重くなり、頭をささえようとすると首に痛《いた》みが走った。

「寝《ね》たければどうぞ」白いドレスの女は言った。「わたしはちっともかまわなくてよ。お眠《ねむ》りなさい」

その瞬間《しゅんかん》、眠《ねむ》ることがおそろしいほど魅力的《みりょくてき》に思えた。まぶたが鉛《なまり》のように重くなってきて、そのままぼくの目をおおい、暗く甘美《かんび》なまどろみへいざなおうとしているとしか思えない。もしかしたら、一人旅や新しい学校が始まることで、自分で思っていたよりも興奮《こうふん》していたのかもしれない。まぶたがピクピクして、白いドレスの女のすがたが幻燈画《げんとうが》のようにゆらめいた。

するととつぜん、白いドレスの女が消え、かわりに継母《ままはは》のすがたがはっきりと見えた。駅で夢《ゆめ》からさめたときと同じ、血の気が引いてとりみだした顔をしている。声まできこえてくるような気がした。「危険《きけん》が！　おそろしい危険《きけん》が！」ぼくはすっかり目が冴《さ》えてしまった。

「ねえ、本当にだいじょうぶ？」白いドレスの女は言った。

「だいじょうぶです」ぼくは答えた。「ちょっと義理《ぎり》の母のことを考えていたんです。別れる前、おかしな夢《ゆめ》を見たらしくて。不安がっていたんです。迷信深《めいしんぶか》い人なんですよ」

「じゃあ、あなたはちがうの？　迷信深《めいしんぶか》くもなければ、お義母《かあ》さまの夢《ゆめ》も気にならない？」

「ええ。本当のことを言って、迷信《めいしん》はあまり信じていないんです。義理《ぎり》の母は、予言とか前兆といったものを信じたがるんですが、ぼくに言わせれば、あまり賢《かしこ》いとは言えませんね」

「だけど、お義母《かあ》さまは、今回の旅であなたの身によくないことが起こる予感がしていたんでしょう？」

「ええ、そうなんですよ。お話ししましたっけ？」ぼくはいつそんなことを話したのか思い出せずにきいた。

「ならあなたは、未来を予言できる人間なんていないと思っているわけね？」

「どうでしょう」ぼくはニヤリとした。「もし予言が可能《かのう》だったとしても、義理《ぎり》の母のような人間にそんな才能《さいのう》がそなわっているとは、とても思えませんね」

白いドレスの女は、笑いかえさなかった。

「そう言われてみると、才能《さいのう》ではないのかもしれない」女は言った。「もっと、そうね、カーテンみたいなものかも。それまではほかの時や場所——別世界と言ってもいいけれど——をかくしていたものが、ほんの一瞬《いっしゅん》、ひらくのかもしれない。一瞬《いっしゅん》の啓示《けいじ》であって、それ以上のものではないのかもしれないわ」

「一瞬《いっしゅん》の啓示《けいじ》？」ぼくは、女がどういう意味で言っているのかわからずにききかえした。

「ええ。理由はなんであれ、ある人間が別の光景を見ることをゆるされる瞬間《しゅんかん》。別の〝時〟や〝場所〟を一瞬《いっしゅん》だけ垣間見《かいまみ》られるということよ。そんなことが可能《かのう》だなんて信じられない?」

「もちろん、そういった人の話はきいたことがあります。だけど、みんな詐欺師《さぎし》か、頭がおかしいのだと思っていました。あなたは信じていらっしゃるんですか?」

女はほほえんだ。「あら、もちろんよ」

女があまりにも当然のように言うので、ぼくはおどろいてしまった。

「ということは、ご自分でも経験《けいけん》したことがあるとか?」ぼくは言ったとたん後《こう》悔《かい》した。みすみす彼女《かのじょ》に、継母《ままはは》がいつも口走っているような要領《ようりょう》を得ないくだらない話をするきっかけをあたえたようなものだ。

「わたしにはそんなものは必要ないわ」白いドレスの女は小さくため息をついてから、ほほえんだ。

「ですが……」ぼくは言いかけたが、言葉が続かなかった。

ふいにあの少年――オスカーと彼《かれ》の両親が植物に捕《と》らえられたすがたが、まざまざとうかんできたのだ。それが、ぞっとするほどくっきりと鮮明《せんめい》なので、ぼくは感電したみたいにビクッとしてしまった。

不思議なのは、白いドレスの女の話をきくのは、これまできいたどんな話をきくのともちがうことだった。ぼくは、自分があたかもその場にいたような、語られている出来事をじっさいこの目で見ていたような、錯覚《さっかく》にとらわれた。まるで、白いドレスの女の言葉をきいているのではなくて、じっさいに彼《かれ》らのすがたを見て、声をきいているようなのだ。夢《ゆめ》にも似《に》ているが、どんな夢《ゆめ》よりも真《しん》に迫《せま》っていた。

「本当にだいじょうぶ?」白いドレスの女は言った。「顔色が悪いわ」

「まったく問題ありません」ぼくは答えた。

平気なふりをしていたが、本当はすこし具合が悪かった。ひどくむしむしして、息苦しい。

ぼくは立ちあがって、もう一度窓《まど》をあけようとしたけれど、何度やっても、あいかわらず窓《まど》はびくともしなかった。

ぼくは白いドレスの女に向かってほほえみながら、心のなかで、こんなこともできない自分に悪態《あくたい》をついた。女の涼《すず》しい笑顔《えがお》を見れば、ぼくがいらいらしているのをおもしろがっているのはまちがいなかった。

すると、とつぜんめまいがして、ぼくは荷物棚《にもつだな》につかまって体をささえた。客室と乗客がぼくのまわりをぐるぐるまわっている。

「手を貸《か》しましょうか?」女は立ちあがり、ぼくのほうへ手をのばした。

「けっこう!」ぼくは答えた。思ったよりもきつい口調になってしまったが、見ず知らずの女性《じょせい》にあれこれ世話を焼かれるのは、どうしてもいやだった。

それに、女がこちらへ手をのばしたのを見て、なぜか言いようのない不安に駆《か》られたのだ。めまいがしていたせいだろうが、女の動きがぞっとするほどすばやくなめらかに見え、ぼくはビクッとしてあとずさった。

そのまま座席《ざせき》にすわりこむと、じょじょにめまいがおさまり、ようやくもとにもどった。けれど、まだまわりのものが、うっすらぼやけている。白いドレスの女に視点《してん》を定めると、慎《つつし》み深《ぶか》く上品な英国婦人《ふじん》そのもののすがたで、窓《まど》の外をじっとながめていた。

「どうやらぼくたちはわすれられてしまったようですね」ぼくはなんとか気持ちを落ちつけようとしながら、女の視線《しせん》を追って外の切り通しをながめた。「こんなに長いあいだここにすわっているのに、列車の外もなかも人一人通らないなんて。侮辱《ぶじょく》だ」

本当は、それを侮辱《ぶじょく》とよぶべきかどうか、わからなかったのだが、ぼくはこの言葉の響《ひび》きが気に入っていた。きっと父も同じことを言うだろう。

それにしても、どうして白いドレスの女は時間を言わないのだろう？

ぼくは眠《ねむ》っている乗客を絶望的《ぜつぼうてき》な目で見やった。こいつらは、一日じゅう寝《ね》てすごしたってたいしたことはないんだろうが、ぼくはロンドンに行かなきゃならないんだ。何が起こっているにしろ、何か進展《しんてん》があれば、乗客に知らせるべきじゃないか。

そういったことを考え、一人いきどおっていると、またもやさっきのめまいが襲《おそ》ってきた。こめかみにつきさすような鋭《するど》い痛《いた》みが走り、ぼくは一瞬《いっしゅん》、目をとじた。そして目をあけると、白いドレスの女の顔が、ぎょっとするほど近くにあった。

「だいじょうぶ、すべてうまくいくから」彼女《かのじょ》は、ここにいるのが楽しくてたまらないし、時間はいくらでもあるというようにほほえんだ。

「でも、ぼくは用事があるんです」ぼくは口ごもりながら言った。「一日じゅうここにぼうっとすわっているわけにはいきません」眠《ねむ》っている乗客のほうをちらりと見て、だれか目をさますのを期待してわざと声を大きくした。このなかで、行かなければならない場所があるのは、ぼくだけなのか？

「忍耐《にんたい》は美徳《びとく》よ」白いドレスの女は言った。

「ぼくの家庭教師《きょうし》もいつもそう言っていました。『忍耐《にんたい》は美徳《びとく》、忍耐《にんたい》は美徳《びとく》』って、まるでオウムみたいに。ただし、オウムほどきれいじゃありませんでしたけどね。本当にいやな女性《じょせい》でした」

そう言ってから、間接的《かんせつてき》に白いドレスの女を批判《ひはん》しているようにとられるかもしれないことに気づき、ぼくは真っ赤になった。女は、ぼくがこまっているのを見ておもしろがっているようだった。

「家庭教師《きょうし》にひどいことをしたの？」女はきいた。

「え、いえ……そんなことは……」ぼくはあわてて言った。

本当のことを言えば、ぼくの家庭教師《きょうし》に対する態度《たいど》はひどかった。これといった理由もなく、ただそれができる立場にあるというだけで、気の毒な女の人生をみじめなものにしたのだ。

両親は、その家庭教師《きょうし》を単なる使用人としてあつかっていた。いや、もっとひどかったかもしれない。というのも、ほかの使用人たちには——全員にとは言わないまでも——しぶしぶながらもそれなりの敬意《けいい》をはらっていたからだ。けれども家庭教師《きょうし》というのは、シャツにアイロンをかけてパリッとさせるわけでもなければ、おいしいデザートをつくるわけでもない。きちんと仕事をしているときはだれにも気づかれず、いちばん大切な仕事で失敗すれば、いらいらされる。いちばん大切な仕事というのは、ぼくのせいで両親をわずらわせないようにすることだった。

「家庭教師《きょうし》の暮《く》らしというのは、あまり幸せでないことが多いわ」白いドレスの女は悲しそうに言った。

「経験《けいけん》でおっしゃっているのですか？」本人は否定《ひてい》したけれど、女にはどこか、家庭教師《きょうし》のような几帳面《きちょうめん》な雰囲気《ふんいき》があった。

「まあ、ちがうわ。わたしは家庭教師《きょうし》なんてしたことはないもの。何年も年を重ねれば、何人か知りあいはいるけれど。そのなかの一人の話をしましょうか？」

「いえ、ぼくはべつに――」

「じゃ、お話しするわね」白いドレスの女は言った。

# 新しい家庭教師《きょうし》

A NEW GOVERNESS

アメリア・スペンサーは優雅《ゆうが》な応接間《おうせつま》を見まわした。

マントルピースの上の棚《たな》時計が十五分を打った。部屋には趣味《しゅみ》のよい高価《こうか》な家具が置かれている。応接間《おうせつま》といえば女性的《じょせいてき》なたたずまいの部屋が多いけれど、この部屋はとくに女性《じょせい》らしさに対する自信を感じさせた。全体としてこの家をアメリアは心から気に入っていた。

新しい雇《やと》い主《ぬし》のロウランド夫人は、夫が大英帝国《ていこく》を守るためにアフガニスタンの荒《あ》れ野《の》へ配属《はいぞく》になってから着るようになった暗い色の地味な服を着ていた。夫妻《ふさい》は深く愛しあっていたので、夫からは長く愛情《あいじょう》のこもった手紙がとどいてはいたものの、はなればなれになっただけで、喪《も》に服しているように感じるのだった。

最近、夫人の悲しみはますます深まるいっぽうだった。騎兵隊《きへいたい》がカブールからカンダハルへ移動《いどう》するという手紙を最後に、夫からは音沙汰《おとさた》がなかった。もう二カ月近くになる。

それでも、新しい家庭教師《きょうし》の向かいにすわった夫人は、心のこもったあたたかい笑《え》みをうかべていた。このごろでは、愛する夫の苦境《くきょう》から気をそらしてくれるものなら、どんなものでもありがたく感じられる。

「すばらしいお人柄《ひとがら》でいらっしゃるのね、ミス・スペンサー」ロウランド夫人は言った。アメリアについての推薦状《すいせんじょう》がすばらしいという意味だ。

じっさいに判断《はんだん》をくだすのはこれからになるが、どちらにしろ夫人は、できるだけ相手のいいところを見ようとするタイプだった。夫のロウランド氏は、そこが妻《つま》の魅力《みりょく》であると同時に腹《はら》だたしいところだとも思っていた。

「ファンソープ家の方は、あなたがおやめになるのをさぞかし残念にお思いになったでしょうね」

「じつは、ファンソープ家ではもう、わたしは必要なかったんです。子どもたちは全員寄宿学校《きしゅくがっこう》へ入りましたし、ファンソープ少佐《しょうさ》はまたインドへ従軍《じゅうぐん》され、ファンソープ夫人もごいっしょに行かれました。ファンソープ夫人は、とてもインドの気候は耐《た》えられそうもありませんけれど。夫人は本当に……体が弱くていらっしゃるので」

ロウランド夫人はうなずいた。アメリアが前の雇《やと》い主《ぬし》についてあえて意見をのべたことにおどろいたけれど、今回はききながすことにした。

「ずいぶんお若《わか》いのね。初めて家庭教師《きょうし》のお仕事をしたのが、ニザーデン屋敷《やしき》ということかしら？」

「はい、そうです。少佐《しょうさ》とファンソープ夫人は父の友人でしたので、ご親切にわたしを雇《やと》ってくださったんです。お二人には本当にご恩《おん》がありますわ」

じっさい、そのとおりだった。一八五七年にインドのデリーで激《はげ》しい戦闘《せんとう》があったとき、完全武装《ぶそう》したインド人兵に殺されかけたファンソープ少佐《しょうさ》をアメリアの父親が助けたといういきさつがなかったら、アメリアの人物証明書《しょうめい》はかなりちがうものになっていたはずだ。気分のむらが激《はげ》しく、子どもたちには冷淡《れいたん》で、しかも少佐《しょうさ》へ一方的に不適切《ふてきせつ》な想いをよせたのだから。

「あなたなら、きっと子どもたちのすてきなお友だちになってくださるわ。わが家を気に入ってくださるよう、祈《いの》ってます」

「ええ、もちろんです」アメリアは答えた。

「お部屋はさっきメアリーがご案内したのよね。足りないものはなかったかしら？」

「すてきなお部屋ですわ、奥《おく》さま。とても快適《かいてき》です」

「ここでの仕事について、何か質問《しつもん》はあるかしら？　きいておきたいことは？」

「いいえ、奥《おく》さま。お手紙にくわしく書いてくださいましたから」

「よかったわ」ロウランド夫人は立ちあがり、手をさしのべた。「では、もう何もないわね。あらためて、ようこそパントン屋敷《やしき》へ」

アメリアはロウランド夫人の手をとった。

「ありがとうございます、奥《おく》さま。お子さまたちにはいつお会いすればよろしいですか？」

「みんな、あなたに会うのをそれは楽しみにしているのよ。みんなでいっしょに昼食をとるのはどうかしら。その席で、紹介《しょうかい》するわ」

「おっしゃるとおりにいたします」あまりいい考えとは思っていないのが声に出ていないことを、アメリアは祈《いの》った。本当は、最初はもっとあらたまった席で会って、子どもたちに対する要望をはっきり伝えておきたかった。

「では、十二時にお会いしましょう。それまですこし庭を散歩なさったらどうかしら。今の季節は、なかなか美しいのよ」

「わかりました。喜んで」

庭は、ロウランド夫人が言ったとおり、本当に美しかった。広い芝生《しばふ》が〝かくれ垣《がき》〃〔目立たないようにめぐらせた堀〕まで続き、その先に緑地が広がっていた。

あちこちに生えた木のかげで羊たちが子羊といっしょに寝《ね》そべり、西の丘《おか》の上には、僧院《そういん》の廃墟《はいきょ》を模《も》した建物がそびえている。アーチ窓《まど》や城郭《じょうかく》風の塀《へい》が、淡《あわ》いブルーの空にくっきりとうかびあがっている。

日かげをさがして、アメリアは塀《へい》に囲まれた庭のほうへ向かった。

高いレンガ塀《べい》のかげにベンチが見える。その上に、形の整えられたナシの木が枝《えだ》をのばし、雪のように白い花のまわりをハチがブンブンけだるい羽音を立てて飛びかっていた。

日焼けした庭師《にわし》が作業をしていたが、いったん帽子《ぼうし》をかたむけてあいさつすると、また仕事にもどった。

アメリアは懐中《かいちゅう》時計をとりだして、新しい生徒たちに会うまであと十分ほど静かで平和な時を楽しめることを確認《かくにん》した。十分で、心を落ちつけて、しかるべき印象をあたえられるように心がまえをしなければ。新たな一歩をふみだすにあたって、最初から計画どおりにものごとを進めようと、アメリアは決意していた。

アメリアは目をとじた。

庭師《にわし》が、植えこみから刈《か》りとった枝《えだ》を手おし車に乗せる音がきこえる。

やがて車輪が砂利道《じゃりみち》を転がるゴロゴロという音がして、じょじょに小さくなり、庭師《にわし》が枝《えだ》を堆肥《たいひ》の山のほうへ運んでいった。

足音がもどってくると、アメリアは目をあけた。

てっきり庭師《にわし》だと思っていたが、小道のつきあたりにある、庭師《にわし》がくぐっていったドアの前に立っていたのは、三人の子どもたちだった。十歳《さい》くらいの男の子と、八歳《さい》くらいの男の子、それから、さらに数歳《すうさい》下らしき女の子だ。

年下のほうの男の子が前へ進み出た。

「こんにちは。今度の新しい家庭教師《きょうし》の先生?」

アメリアは、背《せ》をピンとのばして、スカートをまっすぐに直した。くつろいだすがたを見られて、ひどくバツが悪かった。

「こんにちは。ええ、そのとおりよ。ミス・スペンサーというの」

「あなたが？」女の子がクスクス笑って、横にいる兄をつついた。「よかったわ」

「ええ、そうです」アメリアの笑《え》みがゆっくりと消えていった。この子たちには礼儀《れいぎ》を教えなければ、とアメリアは心のなかで思った。

「みなさんは？」アメリアはたずねた。

「ぼくはアンドルー」弟のほうが答えた。「で、このブサイクなのが妹のセシリア。みんなはシシーってよんでるけどね」

年上の男の子は何も言わなかった。アメリアが見ると、傲慢《ごうまん》なようすでにらみかえしてきたので、アメリアはぎょっとして、たじろいだ。

「じゃあ、あなたがナサニエルね」ロウランド夫人の手紙にあった子どもたちの名前を思い出しながら、アメリアは言った。

男の子は返事のかわりにニヤリと笑った。

ほかの二人は目を見ひらいてアメリアを見てから、子どもたち同士で目を合わせ、それからもう一度アメリアを見た。

「ナサニエルじゃないわ。ダニエルよ」セシリアがまゆをよせて言った。

アメリアはしまったと思い、顔をしかめた。おろかなまちがいをしてしまった。いつも子どもたちの前ではまちがいをおかさないように、特別注意していたのに。教師《きょうし》もまちがえるということを、子どもには決して悟《さと》らせてはならない。しつけ上、よくないからだ。ああ、腹《はら》だたしい！　たしかにロウランド夫人はナサニエルと書いていたはずなのに。

「休暇《きゅうか》で帰ってきているの？」アメリアはダニエルにたずねた。

けれども、答えるかわりに、子どもたちはくるりと背《せ》を向けて、走っていってしまった。

アメリアはまゆをひそめた。「まったく。手がかかる仕事になりそうね」アメリアはつぶやくと、懐中時計《かいちゅうどけい》をちらりと見た。「大変、もうこんな時間。昼食におくれるわけにはいかないわ。ぜったいに」

顔をあげると、子どもたちがいた場所に庭師《にわし》が立っていた。

「すみません、何かおっしゃいましたかね？」庭師《にわし》は言った。

「ええ――いいえ――その、子どもたちと話していたんです」アメリアは言った。

庭師《にわし》はにっこり笑って、うなずいた。

「じゃあ、あの子たちにもう一杯《いっぱい》食わされたんですね？　ダニエルの名前がきこえたもんだから。当てになすってたより、仕事が多くなるかもしれませんよ？　追加料金をもらったほうがいいかもしれませんね」庭師《にわし》はウィンクした。

アメリアは、庭師《にわし》のみょうになれなれしい態度《たいど》が気に入らなかった。

「あなたのおっしゃる『一杯《いっぱい》食わされた』なんてことはありません」アメリアはフンと鼻を鳴らした。「それに、そんなことをたくらんだところで、あの子たちも自分たちのしかけるようないたずらでは、わたしには太刀打《たちう》ちできないことを思い知るでしょう」

庭師《にわし》はアメリアをじっと見た。

アメリアはいごこちが悪くなった。

「失礼なことを言うつもりじゃなかったんです」ようやく庭師《にわし》は言った。

アメリアは立ちあがりながら言った。「ダニエルですけど、あの子も近いうちに、わたしがきびしいけれど公平だということがわかるでしょう」

庭師《にわし》はひたいにしわをよせて、何か言おうとしたが、アメリアはさえぎった。

「すみませんけど、もうもどらなければ。昼食をいただくことになっていますので。では」

「失礼します」庭師《にわし》は帽子《ぼうし》をかたむけると、アメリアなどいないようにまた仕事を始めた。

アメリアは、この田舎者《いなかもの》の庭師《にわし》に育ちのちがいを見せつけようとして、精《せい》いっぱい威厳《いげん》を保《たも》って歩きだした。ところが、道をまちがえて引きかえすはめになり、せっかくの努力は水の泡《あわ》になった。

もどってきて庭師《にわし》の横を通ったとき、庭師《にわし》がニヤッとしたのが見えた。

アメリアは顔がカアッと熱くなるのを感じながら、家へもどった。

「ああ、ミス・スペンサー、日ざしに当てられてしまったのではないかと心配していたのよ」ロウランド夫人が言った。

「ちょっと体がほてってしまって。それだけです、奥《おく》さま」アメリアは言った。

「今日は暑いものね。どうぞ入って、おすわりなさいな。ジェーン、ミス・スペンサーにレモネードをついであげて。さあ、子どもたちのとなりの席を用意したのよ。おたがいの顔がよく見えるように」

食卓《しょくたく》のはしに、庭で会った三人の子どもたちがすわっていた。

アメリアが近づいていくと、アンドルーとセシリアは立ちあがったが、ダニエルはむっつりとしたまま、がんとして立とうとしなかった。

「初めまして、スペンサー先生」アンドルーは、まるで初めて会うみたいに言った。

「初めまして」アメリアは答えた。

「前の家庭教師《きょうし》よりもずっときれいね」セシリアが言った。

「まあ、シシー、なんてことを言うんでしょう」ロウランド夫人は、アメリアのほうを向いて、子どもはこれですから、というような笑《え》みをうかべた。「たしかに本当のことだけれど。カートライト先生はおきれいという感じではなかったから」

アメリアはほほえんだけれど、ほかのことに気をとられていた。テーブルの下で何かが足にじゃれついている。アメリアがそっとけると、大きなショウガ色の毛の長いネコがとびだしてきた。

「アンドルー、食事の最中は、モリーをここに入れないでと言っているでしょう?」ロウランド夫人はそれから、アメリアに説明した。「子どもたちはモリーをとてもかわいがっているんです」

アメリアはほほえんだ。子どもたちがかわいがっていようがいまいが、これからは、不潔《ふけつ》な動物は本来の居場所《いばしょ》である庭にいてもらわなければ。この家には、やるべきことがたくさんある。本当にたくさん。

こうしてあいさつをしているあいだも、ダニエルは立ちもしなければ、一言もしゃべらず、アメリアをじろじろ見ていた。

その悪意のこもった横柄《おうへい》で見くだすような目つきを見ながら、その場でしからずにいるのは、かなりの自制心《じせいしん》を必要とした。

アンドルーは、アメリアの視線《しせん》に気づいて、にっこりした。「ああ、これがダニエルだよ。知らない人が得意じゃないんだ」

アメリアはにっこりした。「ダニエルがだんだんと先生のことをわかってくれば、とても仲よくなれると思うわ」

ロウランド夫人は笑《え》みをうかべて、そっとアメリアの腕《うで》にふれた。その目に涙《なみだ》がうかんでいるのを、アメリアは見たような気がした。

「まあ……きっと子どもたちはあなたのことが大好きになるわ。ねえ、子どもたち？」

「ええ、お母さま」アンドルーは礼儀《れいぎ》正しく大まじめに答えた。

「じゃあ、わたしは行くから、あとはあなたたちだけでおやりなさい。トラヴァースさんと昼食のお約束があるの。たいくつなお仕事のお話があるんですって。つまらないからって、お話ししないわけにもいきませんからね。いい子にするのよ」

ロウランド夫人が立ちあがったので、アメリアも立とうとしたが、夫人はアメリアの肩《かた》に手を置いて言った。

「いいのよ」ロウランド夫人はほほえんだ。「どうぞすわってらして。うちでは、かた苦しいことはぬきよ。お昼のあと、またお会いしましょう」

昼食が始まった。アメリアはその場をとりしきり、使用人たちに指示《しじ》をして、食事を運ばせたが、そのあいだも、ダニエルに対する怒《いか》りと不安はどんどんつのっていった。

ダニエルの態度《たいど》も、ロウランド夫人が彼《かれ》を甘《あま》やかしていることも、気に入らなかったが、今はぐっとこらえて、待ったほうがいいと、アメリアは考えた。ダニエルの問題が本当のところどの程度《ていど》なのか、まず見きわめなければ。

食事が運ばれてくるたびに、ダニエルの前にはほかの子どもたちよりも少ない量の皿が置かれたが、ダニエルは手をつけようとしなかった。

「ダニエルは、お料理が口に合わないみたいね」アメリアは内心の怒《いか》りが表へ出ないよう、そんなことにはまったく興味《きょうみ》がないのだけど、というふうをよそおって言った。

「ダニエルは好ききらいが多いんだ」アンドルーは言った。

「そうなの、すっごく！」セシリアは言って、感じ悪くクスクス笑った。

ダニエルがセシリアに向かって舌《した》を出した。

アメリアは、目の前にエサをぶらさげられたように感じたが、それには食いつくまいと決意した。これからいくらでも時間はある。ロウランド夫人がこれだけ勝手気ままなふるまいをゆるしている以上、今はどう考えても、時も場所も適当《てきとう》ではないだろう。

けれども、家庭教師《きょうし》のつとめを果たすためには、生意気な目でにらみつけてくるこの少年に言うことをきかせなければならない。アメリアは、少年の視線《しせん》に気づかないふりをしながら考えた。

このままでは、いずれ弟や妹にも兄の悪い影響《えいきょう》がおよぶだろう。二人の態度《たいど》にはすでに、手に負えなくなりそうな兆候があらわれている。

ダニエルの皿はすべて、手をつけられないままさげられた。

アメリアはひそかに、ロウランド夫人はどうしてこんなバカげた行為《こうい》をゆるしているのだろうといぶかしんだ。子どものしつけに興味《きょうみ》がないとしても、健康のことは気にならないのだろうか？　少年がやせて、ふきげんなのも、当然だ。

ロウランド夫人は、今日は仕事はまだいいから、新しい部屋に慣《な》れてちょうだいと言った。

部屋は小さいけれど、美しくしつらえてあった。子どもたちの部屋のとなりに位置し、窓《まど》からは、さっきおとずれた塀《へい》に囲まれた庭が見えた。

アンドルーとセシリアが近くの芝生《しばふ》で遊んでいる。

ダニエルは、芝生《しばふ》のはしの、ヒイラギの木かげに立っている。アメリアが見ていると、ダニエルはゆっくりとこちらへ顔を向けたが、その顔には完全にバカにしたような表情《ひょうじょう》がうかんでいた。

なんていやな子なの、とアメリアは思った。でも、わたしも同じくらいいやな人間になれることを、思い知らせてあげる。とはいうものの、少年を見ていると、アメリアは自分でも信じられないほど、不安がこみあげてくるのだった。

夕食はロウランド夫人と二人でとった。子どもたちはいっしょでなかったが、これからはみんなでいっしょに食べるつもりよ、と夫人は言った。それならもう、昼食のときのように、ダニエルのあきれるようなふるまいに悩《なや》まされずにすむだろう。アメリアはホッとした。もうしんぼうも限界《げんかい》で、あのときと同じ平然とした態度《たいど》をとりつづける自信はなかった。

ロウランド夫人は、ファンソープ家にいたころのようすをやんわりとたずねてきた。完全なウソはつかずに、あいまいな返事ですませるのは、アメリアにとってむずかしいことではなかった。新しい雇《やと》い主《ぬし》が気だてのいい女性《じょせい》なのは、まちがいない。

アメリアはふいに、ロウランド夫人を助けてあげたいという気持ちで胸《むね》がいっぱいになった。たった一人で家に残された夫人が、気の毒でたまらなくなったのだ。父親がいないことが影響《えいきょう》していると思われる子どもたちの行状《ぎょうじょう》を、どうすることもできずにいるのだ。

この家を崩壊《ほうかい》から救わなければ。夫人に手を貸《か》して、きちんと子どもたちを管理できるようにし、子どもたちを――とくにダニエルを救うのだ。子どもには、しっかりした導《みちび》きが必要だ。わたしがそれをあたえてやるのだ。

夕食後、アメリアはロウランド夫人にあいさつをして、部屋へもどろうとしたが、その前に子どもたちのようすを見るのが自分のつとめだろうと思った。ダニエルとアンドルーの部屋のドアの取っ手をまわしながら、しびれるような興奮《こうふん》がわきあがった。まさに今から、彼《かれ》らとの生活が本当に始まるのだ。

部屋は暗かったが、目はすぐに慣《な》れた。

部屋には子どもが二人いるにはいたが、本来あるべき状態《じょうたい》とはちがった。

「セシリア、ここで何をやっているんです？」アメリアは言った。「もうおそいんですよ。それに、いったいダニエルはどこにいるの？」

返事のかわりにおし殺した笑い声がきこえた。

アメリアは動悸《どうき》が速くなるのを感じながら、かんしゃくをぐっとこらえて言った。「今すぐ、わたしの質問《しつもん》に答えなさい」

「ダニエルはここにはいないわ」セシリアが言った。

「夜はいつも、ここにはいないんだ」アンドルーも言った。

「いつも？」アメリアはききかえした。「そんなバカな話があるはずないでしょう？」

「だけど、本当なんだよ、先生」アンドルーは本気になって言った。「外をうろうろするのが好きなんだ。そうだよね、シシー？」

「そうよ」妹も言った。「ダニエルは、夜に家のなかをうろつくのが好きなの。みんなが何をしてるか知りたいんだって」

「まあ、じゃあ今も？　いったいお母さまはなんて？　ダニエルがあなたたちの言うように『うろつく』のをどう思ってらっしゃるの？」

「ああ、お母さまは知らないさ」アンドルーは言った。

「とても信じられないわ」アメリアは言った。

「だけど本当なんです、スペンサー先生。ウソなんてついてません。そうよね、お兄さま？」

「そうです、先生」アンドルーはひどくまじめな顔でうなずいた。

二人がアメリアをからかっているのはまちがいない。

アメリアはフンと鼻を鳴らすと、くちびるをすぼめた。こんな見えすいた方法でからかおうとするとは……。アメリアは腹《はら》が立ってしょうがなかった。やるべきことが山積みだわ。根本から変えなければ。

「どこなの？」アメリアはシシーへ歩みよって、しわがれた声で問いただした。

「ダニエルはどこ？」

「知らないよ」アンドルーが答えた。「本当にぼくたちは知らないんだ。シシーにそんなこわい声を出さないで。ダニエルは行き先なんてぜったいに言わないんだ。ただふらっと行って、また帰ってくるだけさ。そういう子なんだ。シシーを責《せ》めるなんて、先生は鬼《おに》よ」

「鬼《おに》？　鬼《おに》ですって？」アメリアはいったんだまって、深呼吸《しんこきゅう》した。「この家にはやるべきことがたくさんあるようね。でも、これだけは言わせてもらうわ。ダニエルもきいてちょうだい——どうせそこの足台の後ろにでもかくれてるんでしょうから。アメリア・スペンサーは、挑戦《ちょうせん》されて逃《に》げるような人間じゃないわ。

むしろ正反対よ。では、おやすみなさい」

かん高い声とは裏腹《うらはら》に、後ろ手でドアをしめた手は予想外に汗《あせ》でじっとり湿《しめ》っていた。

あの子たちには、どこか痛《いた》ましさを感じる。前の子どもたちのときも、行儀《ぎょうぎ》が悪かったりわがままだったりという問題はあった。家庭教師《きょうし》にとっては、そんなのはふつうのことではないか？　けれど、ここの子どもたちは、何かがちがう。

アンドルーとセシリアは、強情《ごうじょう》で生意気だけれど、ダニエルさえ手なずければ、そうした欠点を直すことはできると、アメリアは確信《かくしん》していた。

けれども、ロウランド夫人はあきらかに、子どもに好き放題にさせたあげく、家庭教師《きょうし》や学校の教師《きょうし》に後始末をさせようとするタイプの親だ。それを考えると、かんたんには行きそうもなかった。

アメリアが部屋で髪《かみ》をとかしていると、廊下《ろうか》から物音がきこえた。アメリアはドアまで行って、ぱっとあけ、すばやく左右を見わたした。

けれども、ロウソクの光だけでは大した明かりにはならなかった。この薄《うす》暗がりでは、二十メートル先にスコットランド人の大部隊がいたとしても、軍服の真鍮《しんちゅう》のボタン一つ見えないだろう。

それでもアメリアは、ダニエルがこちらをじっと見ているにちがいないと確信《かくしん》していた。わたしをおどそうなんて、まだ子どもね。アメリアは皮肉な笑《え》みをうかべたが、思ったよりも引きつったものになってしまった。明日の朝になったら、ダニエルと決着をつけてやるわ。

アメリアは後ろにさがって、ドアをしめたが、次の瞬間《しゅんかん》、ぎょっとしてロウソクを落としそうになった。

部屋の真ん中にダニエルが立っていたのだ。

「すぐさま出ていきなさい！」アメリアはさけんだ。空いているほうの手でドアの取っ手をつかもうとしたが、何度もしくじったあげくドアはようやくギィとひらいた。

ダニエルはニヤッと笑っただけで、アメリアのほうへ歩いてきた。そして、いったん足をとめると、たたきつぶそうとしているハエか何かのようにアメリアの顔を、ぞくっとするほど冷淡《れいたん》な目でじっとのぞきこんだ。それから、平然としたようすでアメリアの前を通りぬけ、部屋から出ていった。

アメリアは心臓《しんぞう》をバクバクさせながらしばらく立ちつくしていた。それからあわててドアをしめ、カギをかけた。ふるえる足でベッドまでもどると、すわってゆっくりと深呼吸《しんこきゅう》し、心を落ちつかせた。

「明日は見てらっしゃい」そして、自分に向かって言った。「こわくなんてないわ」

その夜はぐっすり眠《ねむ》れなかった。朝、十分近くかけて心を落ちつけてから、アメリアはようやく朝食の席へ向かった。

いちばんいい方法は、ロウランド夫人と話しあいの席をもうけて、子どもたちについて心配に思っていることを話し、冷静に、けれどきっぱりと、家庭教師《きょうし》で

ある自分が指揮《しき》をとって、やっていいことと悪いことの境界《きょうかい》をはっきりもうけるのをみとめてもらうことだろう。

けれども、この案はすぐに却下《きゃっか》された。というのも、またもやダニエルは食事のあいだじゅう、何も食べずに、例の見くだしたような目つきでアメリアをじっと見つめていたからだ。

ネコのモリーがまた足に体をこすりつけてきたので、アメリアは思いきりけとばした。モリーはギャッと鳴いて、耳を寝《ね》かせ、しっぽの毛を逆《さか》だてて、テーブルの下からとびだしていった。

「無理です！」アメリアはナプキンを放り投げたが、思っていたより力が入ってしまい、ティースプーンがテーブルの向こうへふっとんだ。「こんなこと、耐《た》えられません！」

「まあ！　何か問題でも？」ロウランド夫人はたずねた。

「よくそんなことをおっしゃいますね！」アメリアは怒《いか》りで声をふるわせた。

「だけど、どういうことかわからないわ」ロウランド夫人は気づかうように子どもたちのほうを見た。「そんなにモリーがおきらいなら――」

「モリーのことではありません!」アメリアはさけんだ。

ロウランド夫人はまゆをひそめ、激怒《げきど》するアメリアをぽかんと口をあけて見つめているメイドに、さがるよう合図した。

「いったいどういうことなの？　二人だけでお話しできないかしら？」ロウランド夫人は小さな声で言った。

「彼《かれ》のことです」アメリアは言って、ダニエルを指さした。

「だれのことですって？」ロウランド夫人は当惑《とうわく》してききかえした。

「もちろん、ダニエルです!」アメリアは怒《いか》りにまかせてどなった。

「ダニエル？」ロウランド夫人はくりかえした。

セシリアがクスクス笑ったので、アンドルーがけとばした。

「イタッ!」

「子どもたち、部屋へもどりなさい」ロウランド夫人は命じた。

「だけど、お母さま――」

「今すぐもどりなさい。スペンサー先生と二人だけでお話があるの」

「ダニエルにはいてもらったほうがいいですわ」アメリアはできるだけきびしい声で言った。「ダニエルは夜中に家をうろついたうえに、あつかましくもわたしの部屋に入ってきて、これ以上ないというほど無礼な態度《たいど》をとったんです」

子どもたちはぴたりと足をとめて、何かを期待するように大人たちのほうをふりかえった。

ロウランド夫人は手で口をおさえ、おびえたような顔でアメリアを見た。

「シシー、アンドルー、部屋へ行きなさい！　何度も同じことを言わせないで」

母親のいつにないきびしい口調に、子どもたちはそれ以上文句《もんく》は言わずに部屋を出ていった。

アメリアがテーブルごしにダニエルをにらむと、ダニエルは挑戦的《ちょうせんてき》な目つきでにらみかえしてきた。

ロウランド夫人は祈《いの》るように頭をかかえていたので、アメリアはようやく何か言わなければならないことに気づいた。

「申しわけありませんでした、奥《おく》さま。あんなふうに強い言い方をすべきではありませんでした。ですが、ダニエルにはきっぱりとした態度《たいど》で接《せっ》することが必要だと思ったんです。でないと――」

「スペンサー先生」ロウランド夫人はさえぎって言った。「今回のバカげた行為《こうい》は行きすぎですわ」

「どういうことでしょう?」

「最初は、あなたがわたしと同じように、あの子たちの遊びにつきあってくださって、うれしく思いました。たしかにわたしも、父親が家をはなれてからはすこしやりすぎだったかもしれません。ですが、今のようでは、かえって子どもたちを動揺《どうよう》させてしまいますわ」

「動揺《どうよう》させる？」アメリアはダニエルを憎々《にくにく》しげににらみつけた。

ダニエルはニヤリと笑いかえした。

「では、ダニエルは自分がいいと思えば、わたしに対してどんな態度《たいど》をとってもいいということですか？」

またもや夫人は口に手を当てた。その目にみるみる涙《なみだ》があふれてきたのを見て、アメリアはショックを受けた。

「でも先生、ダニエルはかわいそうなジプシーの少年なんですよ。二年前にわたしたちが引きとったんです。本当の名前は最後までわかりませんでした。口がきけなかったし、字も書けなかったから」

「ジプシーの少年？」アメリアはわけがわからずにききかえした。

たしかに、ダニエルは青白いわりに肌《はだ》はやや土色がかっているし、ほかの二人の子どもたちとはあまり似《に》ていないが、そんなふうには考えたこともなかった。

「どういうことか、よくわからないのですが……」

「かわいそうに、ダニエルは密猟者《みつりょうしゃ》のしかけた罠《わな》にはまって、仲間たちに置いていかれてしまったの。おそろしく痛《いた》かったでしょうに、ほとんど声もあげなかったのよ。わたしたちは彼《かれ》を引きとって、できるかぎりのことをしてやったの。だけど、あの子は本当に手に負えない子どもだった」

「だった？　残念ながら、今もそうですわ。あの子を引きとられたキリスト教的慈善《じぜん》はすばらしいと思いますわ。ですが、礼儀《れいぎ》や、道理をわきまえたふるまいに欠けていることから見ても、感謝《かんしゃ》の念をまったくもっていないことが――」

「でも、ダニエルは死んだのよ」ロウランド夫人は静かに言った。「一年前に」

アメリアは、雇《やと》い主《ぬし》が言っていることを理解《りかい》しようとして、まじまじと見つめた。

「いったいどういうことでしょう？」アメリアはテーブルの向こう側を指さした。

「なら、あそこにいるのはだれです？」

「やめて！　今すぐやめてちょうだい！」ロウランド夫人は悲鳴をあげて、立ちあがった。「あそこにはだれもいないわ！」

アメリアはテーブルの向こうを見やった。

ダニエルがニヤリと笑った。

「おっしゃる意味がわかりません。ダニエルはいるじゃないですか……あそこにすわってますわ！」アメリアはさけんだ。

ロウランド夫人は、アメリアのふるえる指がさしている方向を見まいと、後ろへさがった。そのほほを涙《なみだ》が流れ落ちた。

「子どもたちが『遊んでいるとときどきダニエルがあらわれる』と言いだしたとき、わたしはそのまま好きなようにさせてやったの。もしかしたらおろかなことだったかもしれない。べつに悪いことではないと思ったのよ。ダニエルの死を受けいれる、子どもたちなりの方法だと思った。想像上《そうぞうじょう》の友だちをもっている子どもはたくさんいるわ」

「想像上《そうぞうじょう》の友だち？」アメリアはロウランド夫人をぼうぜんと見つめた。視界《しかい》のふちがどんよりとぼやけ、するりと消えていった。「でも、手紙にダニエルのことを書いてらっしゃったじゃないですか」

「書いたのは、ナサニエルのことよ。今は寄宿学校《きしゅく》へ行っている長男よ」

「ナサニエル……」アメリアはつぶやいた。たしかにそうだ。今になって、思い出した。手紙に書いてあったのは、ナサニエルのことだった。めまいがする。つむじ風に舞《ま》う落ち葉のように、頭のなかがぐるぐるとまわりだした。

「ああ、かわいそうに。あなたのご両親と連絡《れんらく》をとらなければ」ロウランド夫人は言った。

「いいえ……お願いですから……」

「とらせていただくわ」ロウランド夫人はきっぱりと言った。「それがいちばんいいでしょう。あなたはご自分を失っているのよ」

アメリアはダニエルのほうをふりかえった。けれど、どんなに目を凝《こ》らしてみても、彼《かれ》の席は空っぽだった。

向きなおると、ロウランド夫人はすでに部屋を出ていくところだった。

アメリアは体がちぢんでいくような感覚にとらわれた。まるで不思議の国へ行ったアリスのように、理屈《りくつ》などまったく通らない新しい世界へ入っていくようだ。記憶《きおく》のなかをさぐり、屋敷《やしき》ですごした時間をやみくもにさかのぼって、ダニエルが現実《げんじつ》であるという証拠《しょうこ》をさがそうとした。けれど見つかったのは、なれなれしい笑いをうかべている庭師《にわし》と、クスクス笑っている子どもたちのすがただけだった。

ネコのモリーが靴《くつ》のひもで遊んでいるのを感じたが、もはやけとばす力は残っていなかった。アメリアはもうろうとした状態《じょうたい》のまま、椅子《いす》を引き、テーブルクロスをもちあげてネコを追いはらおうとした。が、そのとたん後ろへ引っくりかえった。

テーブルの下の暗がりから、ダニエルが這《は》い出てきたのだ。その顔には、ぞっとするような笑《え》みがうかんでいた。

あとになって、ロウランド夫人は、あんな悲鳴はきいたことがないし、二度とききたくないと、友人たちに打ちあけた。

夫人がダイニングルームにもどると、正気を失ったかわいそうな娘《むすめ》は、まるで悪魔《あくま》が追いかけてきたかのように何もない場所をけりつづけていた。

ロウランド夫人はアメリアの横にしゃがんで抱《だ》きかかえると、メイドに医者をよぶよう命じた。

医者はすぐに駆《か》けつけると、ただちにベンニントン修道院《しゅうどういん》にあるサナトリウムに連絡《れんらく》した。屋敷《やしき》から三キロもはなれていなかった。

待っているあいだに、アメリアのふるまいはじょじょに落ちついた。しかし、かわいそうな娘《むすめ》の表情《ひょうじょう》は、あいかわらず恐怖《きょうふ》そのものだったという。そのとりつかれたような目つきを見て、ロウランド夫人は思わず視線《しせん》を追ったが、見えたのは、部屋に入ってきたかわいい子どもたちのすがただけだった。

セシリアはアンドルーの手をにぎっていたが、もう片方《かたほう》の手はわきにおろし、まるで目に見えないだれかの手をにぎっているように指を曲げていた。

それから、入ってきたときと同じように静かに背《せ》を向けて、子どもたちは部屋を出ていった。

‡ ‡ ‡ ‡

白いドレスの女は語りおわると、満足げに座席《ざせき》に身をしずめ、目を輝《かがや》かせて、口をきゅっとすぼめたような笑《え》みをうかべた。まるで心をふるわせるようなためになる教訓話でも披露《ひろう》したかのようだった。

ぼくのほうは、残念ながら、いくらかちがう表情《ひょうじょう》だったにちがいない。なぜかわからないけれど、幽霊《ゆうれい》の少年のイメージは、ぼくをどうしようもない不安におとしいれた。幽霊《ゆうれい》を追いはらうために、ぼくは今の物語について話さなければならないような気持ちに駆《か》られた。

「では、その家庭教師《きょうし》は精神《せいしん》に異常《いじょう》をきたしていたということですね？」しばらくだまっていたあとで、ぼくはたずねた。

「そうねえ、そうだったとしても、今は治っているわ」白いドレスの女がクスクス笑ったのが不謹慎《ふきんしん》に思え、ぼくはまゆをひそめた。

「つまり――幻覚《げんかく》を見たということでは？」ぼくはなおも言った。

「そうだと言ってほしいのね」白いドレスの女は言った。

その顔を見て、四歳《さい》のころ、ひざをすりむくと、乳母《うば》が同じ表情《ひょうじょう》をうかべていたのを思い出した。

「安心したいのね。合理的な説明がほしいのよ」

たしかにそのとおりだったが、女の口調《くちょう》にどこか引っかかるものを感じた。しかし今度もまた、さっきと同じ疲労感《ひろうかん》が襲《おそ》ってきて、ぼくは考えをまとめることができなかった。

「失礼ですが、まるで今話したことが、物語のなかの出来事ではなくて、本当にあったことのようにおっしゃいますね。ぼくはただ、登場人物を理解《りかい》して、彼女《かのじょ》がどう考えていたか、知りたいと思っただけです」

「わかるわ」女は答えたけれど、それ以上、何も言わなかった。

ブウンともの憂《う》げな音をたてて、一匹《ぴき》のハエがぼくの目の前を通りすぎ、酔《よ》っぱらっているみたいに車両の窓《まど》にぶつかった。ハエは何度か、行き先をはばむ壁《かべ》を突破《とっぱ》しようとこころみたが、失敗して、面食《めんく》らったように客室のなかをぐるぐるまわりはじめた。

曲がりくねって飛ぶハエを目で追ううちに、ぼくは催眠術《さいみんじゅつ》にかかったようになってきた。

そのうちハエは医師《いし》の頭にとまって、熟睡《じゅくすい》している男のひたいをうろうろしはじめた。ぼくはニヤニヤしながら、今にも医師《いし》が目をさまして、バカみたいに手をふりまわし、悪態《あくたい》をつくのを待ちうけた。

ところが、ハエがどんどん顔のほうへおりていっても、医師《いし》はまゆをわずかにヒクつかせただけだった。

ぼくはあきれかえった。

ハエのほうは、医師《いし》のわずかな動きにふたたび飛びたち、客室のなかをまた、ジグザグの円を描《えが》きながらまわりはじめた。

白いドレスの女はそちらを見もしないで手をのばすと、パッとハエをつかみとった。

その動きはあまりにすばやく、ハエがいきなり消えなければ、女がつかんだことに気づかなかったかもしれない。女はまたもやちらりとも見ずに手をすっとひらき、死んだハエを床《ゆか》に落とした。

「わたし、ハエが大きらいなの。もういいかげん慣《な》れるはずだと思うでしょうけど、どうしても慣《な》れないのよ」

あまりにもとっぴな行動だったし、しかもそれをしたのが、目の前にすわっている上品な若《わか》い女性《じょせい》だったので、ぼくは自分の目で見たことを疑《うたが》いかけた。

こんなときにかぎって、またまぶたが重くなり、何もかもがぼやけだした。ぼくは幻《まぼろし》を見たのだろうか。さっき継母《ままはは》が見えたような気がしたときのように？けれど、ハエは死んで床《ゆか》に転がっている。やはり幻《まぼろし》ではないのだ。継母《ままはは》のことを思い出したためか、すこし気力がもどり、目も冴《さ》えて、はっきりしてきた。話を続けなければ。頭を動かすんだ。

「今までの物語に出てきた人たちのことを、気の毒だと思ってらっしゃらないようですね」ぼくはハエから目をそらして、言った。「こんなことを言っては失礼かもしれませんが、あまり女性《じょせい》らしくないように思えます」

「そう？」白いドレスの女はまゆをあげた。「まあ、いろいろわかるのはこれからよね」

「女性《じょせい》というのは生まれつきやさしいものだと言いたいだけです」

「でも、それをうっとうしくも思っているわけでしょう？　義理《ぎり》のお母さまにあれこれやさしくされるのが」

ぼくは顔をしかめた。

「義理《ぎり》の母の話をしすぎたようですね」ぼくは言った。「でも、そう思われるでしょう？　女性《じょせい》のほうが子育てに向いていると」

「そうかもしれないわね。だけど女の子って、とても意地悪にもなれるのよ」

たしかにそれはみとめざるをえない。学校の親友に、イースター休暇《きゅうか》に家にまねかれたことがあるのだが、親友の姉が本当に不愉快《ふゆかい》な女だった。あれ以来、ぼくは女には用心深い。

「女の子っていうのは、女の子同士だとこのうえなく残酷《ざんこく》になれるのよ。あなたは男の子だから、わからないかもしれないけれど。女の子同士がいやおうなしに同じところへ放りこまれたりしたら、ますます大変よ。学校とか、親が再婚《さいこん》して義理《ぎり》の姉妹《しまい》ができるとかね。そういう不幸な組み合わせの話があるけど、きいてみる？」

# 小さな人たち

# The Little People

ペネロペは、義理《ぎり》の妹を憎《にく》むようになった。憎《にく》しみは、冬の夜のようにやってきた。そう、いきなり気温がさがった日のように。今では、ローラに抱《いだ》くのは、暗く、冷たい感情《かんじょう》ばかりだった。

本当のことを言って、ペネロペは最初に会ったときから、ローラを好きだと思ったことは一度もなかった。

今から思いかえしてみると、ローラとローラの母親が初めてこの家に来て、ペネロペの父親がバカみたいに笑って「新しいお母さんと妹ができるんだよ」と言ったとき、吐き気《はけ》がこみあげたくらいだ。

ペネロペは新しいお母さんなどほしくなかったし、新しい妹なんていらなかった。

べつに、亡《な》くなった実の母親をだれよりも愛していたとか、義理《ぎり》を立てているとか、そういうことではない。まわりの子どもを見ると、みんな、母親のことを愛しているようだけれど、ペネロペ自身は母親のことを本当の意味で愛したことはなかった。

ペネロペが新しくやってきた二人に腹《はら》を立てたのは、何もかも台なしにされたからだ。

母親が亡《な》くなってから、ペネロペは父親を独占《どくせん》していた。父親が、一人になってからのほうが幸せなのは、わかっていた。父親は前よりも陽気になったし、それには自分も一役買っていると、ペネロペは信じていた。

けれども、父親が幸せになったのは、この女と出会ったからだったのだ。うぬぼれが強くて、気どったこの女は、自称《じしょう》〝女優《じょゆう》〟だが、本当はただの画家のモデルだった。本人は、「ミューズ」という言葉を使いたがっていたけれど。

「ロセッティが、わたしの口は今まで見たなかでいちばん美しいって言ったのを知ってる?」継母《ままはは》はくちびるをつきだして言うのだった。

もちろん知っている。その話はもう四回きいていた。サー・ジョン・エヴェレット・ミレーが、継母《ままはは》のことを女神《めがみ》とよんで、肖像画《しょうぞうが》を描《か》かせてほしいとたのみこんだことだって、知っている。

継母《ままはは》はうんざりするような女だったけれど、それでも、ペネロペに憎《にく》まれているという点では、娘《むすめ》のローラの比《ひ》ではなかった。

ローラは母親とはまったくちがうタイプだった。母親のようにスポットライトを浴びたいというおそろしいまでの執念《しゅうねん》はもちあわせていないし、とっぴな行動をとることもない。にもかかわらず、なぜか義理《ぎり》の姉のペネロペよりも周囲の関心を引きつけるのだった。

ペネロペにとっては、ローラのひかえめで静かなところが、その母親の、注目を集めないと気がすまない強烈《きょうれつ》さよりも、はるかに気にさわった。

ペネロペの父親はすでにローラのことを「わたしの小さな花」とよぶようにな

っていた。それをきくたびに、ペネロペは針《はり》でさされるような痛《いた》みを感じた。ペネロペのことは名前でしかよんだことはない。亡《な》くなった母親のように、ペニーと愛称《あいしょう》でよぶことさえなかった。そう、一度も。

母親とラファエロ前派《ぜんは》を自称《じしょう》するくだらない画家たちとの交流は（事実にしろでっちあげにしろ）、娘《むすめ》のローラにも影響《えいきょう》をおよぼしたようだった。ローラの頭は、あらゆるバカげた空想でいっぱいだった。四六時中〝エルフの王〟やら〝妖《よう》精《せい》の女王〟のバカバカしい歌を歌っていたし、しょっちゅう詩を読んでいるところを見かけた。ある晩《ばん》なんて、夕食のあとにジョン・キーツの『つれなき美女』の詩を暗誦《あんしょう》した。

「ああ、どうなさったの、よろいの騎士《きし》」白い長いドレスを着たローラは、歌うように言った。「たった一人で青ざめ、さまよわれるとは？　湖のほとりのスゲはすっかり枯《か》れ、小鳥の声も――」

ペネロペはあくびをして、できるだけ大きなため息をついた。継母《ままはは》はシーッと言ったけれど、そのくらいでローラの気をそらすことはできなかった。それどころか、最初は『つれなき美女』だけで終わるはずだったのに、テニスンの『シャロットの女』まで暗誦《あんしょう》したのだ。あたしへの当てつけにちがいないと、ペネロペは思った。

ペネロペは本や芸術《げいじゅつ》といったものには興味《きょうみ》がなかったので、しょっちゅうたいくつしていた。あまりたいくつなので、ローラと遊んでやろうかとさえ思ったけれど、ローラのほうにその気がないようだった。

ペネロペは、ローラが青白い顔で家のなかや庭をさまよっているのをよく見かけたが、大抵《たいてい》本を読んでいるか、そうでないときは空想にふけっていた。ひとり言を言っていることもしょっちゅうあった。

ローラは、仲間を必要としていないようだった。完全に自分の世界で充足《じゅうそく》していて、他人を必要としない。

ペネロペはローラのそんなところを憎《にく》んだ。

ある日、ペネロペがとくに目的もなく庭をうろうろしていると、ローラがスモモの古木《こぼく》の下にいるのが見えた。ペネロペはかねてから、ローラがわざとそうした絵のように美しい場所を選んでポーズをとっているのでないかと疑《うたが》っていた。

スモモの木は真っ白い花が満開で、そのまわりをミツバチがいそがしそうに飛びまわっていた。ローラは灰色《はいいろ》がかった緑色のコケにおおわれた幹《みき》によりかかり、ヒナギクの花で首かざりを編《あ》みながら、いつものようにひとり言をつぶやいていた。

ペネロペが近づいていくと、小鳥が一羽飛び去った。

「頭がおかしくなる兆候だって気づいたほうがいいわ」ペネロペは声をかけた。

「あんたのひとり言よ。気をつけないと、病院へ送られることになるわよ」

ペネロペは一瞬《いっしゅん》、その光景を思いえがいてうっとりした。けれども、ローラはふりかえりもしなかった。ペネロペがいるのを、最初から知っていたみたいだった。

「最後には病院送りになるわよ。よくおぼえておくのね」ペネロペは言った。よくおぼえておくのね、というのは、ペネロペの母親の気に入っていた言葉だ。ペネロペも今ではよく使うようになり、その響《ひび》きをすっかり気に入っていた。

「どうしてわたしのことを憎《にく》むの？」ローラはついにふりむいた。

「憎《にく》む」という言葉が発せられたとたん、二人のあいだに電気が走ったような気がした。

「べつに憎《にく》んじゃいないけど」ペネロペはあやふやな口調になって言った。「そもそもあんたのことなんて、頭にないもの」

「なら、どうしてわたしのことを尾《つ》けまわすの？　わたしのことが頭にないなら、どうしてほっておいてくれないの？」

たしかにそうだった。ペネロペはじっさい、ローラのことを尾《つ》けまわしていた。でも、自分でも理由はよくわからなかったので、そうきかれて、いらだちがわきあがった。

「べつにどこへ行こうとあたしの勝手でしょ。ここはあたしの家だし、ここはあたしの庭だもの」

「わたしの庭でもあるわ。あなたは気に入らないかもしれないけど」

「ええ、気に入らないわ。ぜんぜん気に入らないわよ」

「そう」ローラはクスッと笑って、肩《かた》をすくめた。「いったいわたしにどうしてほしいの？」

ペネロペは、ほほがみるみる赤くなるのを感じた。そうなったときの自分が大きらいだったので、そのせいでますます腹《はら》が立った。

「あんたが来る前は、何もかもうまくいってたのよ！」

あたしは泣くの？　ああ、どうか泣きませんように。この最低女の前で泣くようなまねだけはしたくない。

「あなたのお父さんは、わたしたちと暮《く》らしてとても幸せそうよ」ローラは言うと、しゃがんでヒナギクをもう一輪つんだ。

ペネロペはローラをけとばしたかった。ローラの顔を、思いきり。何度も。けれど、なんとかおさえた。

「少なくともあたしは、あんたとちがってひとり言なんて言わないわ」ペネロペは言った。

「わたしはひとり言なんて言っていないわ」ローラはうんざりしたようにため息をついた。「さっき話していたのは……」ローラの声がとぎれた。

「だれよ？」ペネロペはクックと笑った。「ほら、だれもいないわよ」

ローラがじろりと見たので、ペネロペは思わずひるんだ。

「わたしは、〈小さな人たち〉と話してたの」ローラは一瞬《いっしゅん》だまったあとで、そう言った。

ローラがわかりきったことのように、うんざりした口調で言ったので、ペネロペはあっけにとられて、このとほうもない発言に対してとっさに返事ができなかった。本当にローラは頭がおかしいんだわ。

「なにバカなこと言ってんの?」ペネロペは言った。

ローラはフッと笑《え》みをもらしただけで、またヒナギクを編《あ》みはじめた。自分の呼吸《こきゅう》する音がやけに耳に響《ひび》く。ローラにもこんなふうにきこえるのかとペネロペは不安になり、そうでないことを祈《いの》った。ローラがあまりにもやすやすとペネロペを無視《むし》するので、ペネロペは頭に血がのぼって、時おり本当に、どうすればいいのかわからなくなってしまうのだ。

「妖精《ようせい》が見えるとでも言いたいわけ?」ペネロペはバカにしたように鼻を鳴らした。「妖精《ようせい》よ、妖精《ようせい》。どんなに自分がバカなことを言ってるか、わかってる? 頭がおかしいってわかってるの?」

けれども、ローラは自分のおろかさについて考えるつもりはまったくないようだった。

「妖精《ようせい》を見たって言うの?」ペネロペは軽蔑《けいべつ》もあらわになおも言った。声がややうわずった。

「あなたなら、そういう言い方をするかもね」ローラは落ちついて答えると、ペネロペが今まで何度も見た笑《え》みにならない笑《え》みを向けた。その笑顔《えがお》を見るたびに、ペネロペはひどくむしゃくしゃした。ローラはまたヒナギクの首かざりを編《あ》みはじめた。

ペネロペはローラの頭の後ろをにらみつけた。長い金褐色《きんかっしょく》の髪《かみ》が、流れるようにつややかに光っている。ペネロペは落ちている枝《えだ》をひろって、なぐりつけてやりたいという、おさえきれない衝動《しょうどう》に駆《か》られた。ローラの頭蓋骨《ずがいこつ》が割《わ》れる音まで想像《そうぞう》したほどだ。不快《ふかい》な感覚ではなかった。

「じゃあ、証明《しょうめい》してみせてよ」ペネロペはかすかに息を切らしながら言った。この頭にくる女をこらしめてやるところを思いうかべたせいか、心臓《しんぞう》がまだドキドキしている。「あんたの言う妖精《ようせい》を見たってことを証明《しょうめい》してごらんなさいよ」

「妖精《ようせい》なんて言ってないわ。そう言ったのは、あなたでしょ」

ペネロペはニヤリとした。ローラはすでに言ったことを取り消そうとしている。

「さっきあなたが見たとき、わたしは〈小さい人たち〉の一人と話していた、と言ったのよ。じっさいそうだったから。彼《かれ》らを妖精《ようせい》とよびたいなら、それはあなたの自由だけど」

「その〈小さい人たち〉っていうのは――」ローラが逃《に》げ腰《ごし》になっているのを感じて、ペネロペは「小さい人たち」という言葉に精《せい》いっぱい不信感をこめて言った。

「――ただの背《せ》が小さい人間ってこと？　おばのハリエットもそうだったのよ。あなたの話をきいて、何かもっと特別なものがあるのを感じたんだけど。ああ、でも、そうよねえ。その人たちは目に見えないんじゃない？　あたりでしょ？」

ローラは、ペネロペを身じろぎもせずじっと見つめた。

「目に見えなくはないわ」

「本当に？」ペネロペはくちびるをとがらせて言った。「じゃあ、さっきあなたが一人に見えたのは、どうして？」

「〈小さい人たち〉は恥《は》ずかしがり屋なの。あなたがこっちへ来たのを見て、飛んでいったのよ」

「飛んでいった？」ペネロペはクスクス笑った。「じゃあ、その人たちは空も飛べるのね。本当に妖精《ようせい》じゃないの？　話をきいてるとまるで妖精《ようせい》みたいだけど？」

「〈小さい人たち〉は特別な存在《そんざい》なの。だけど、あなたには理解《りかい》できないわ。あなたが興味《きょうみ》をもってるのは、買い物だけでしょ。〈小さい人たち〉は、あなたには一生わからないようなことを知ってるのよ」

「へえ。その〈小さい人たち〉っていうのがそんなに特別なら、会わせてよ」

ローラは首を横にふって、あきれた顔でペネロペを見ると、こんなバカげたことはきいたことがないというようにまゆをくいっとあげた。

「あなたが会うのは無理よ」

「会えないのは、そんなものは存在《そんざい》しないからよ」ペネロペは勝ちほこって言った。

「会えないのは、彼《かれ》らがあなたに会いたがらないからよ」

「あんたって本当に最低のウソつきね」ペネロペは、ローラを指さした。「まあ、当然と言えば当然ね。あんたの母親も同じだもの」

ローラは、冷ややかな目でペネロペをじっと見た。

ペネロペは、ローラが飛びかかってくるかもしれないと半分本気でこわくなって、あとずさった。

「あなたが信じようと信じまいと、どうでもいいわ。あなたがどう考えたって、まったく気にならないもの。わたしがどうしてそんなことを気にするの？」

ペネロペは、関節が白くうきあがるほど手をかたくにぎりしめた。満身の力をこめて歯を食いしばったので、歯が粉々にくだけるのでないかと思ったほどだ。

「どうしてあたしに会いたがらないのよ？　あんたの言うバカな小人は？」ペネロペは怒《いか》りをこめて言った。

「あなたのことが好きじゃないからよ」ローラは冷ややかに言った。

ペネロペは顔をゆがめて、一歩前へ出た。ローラにそう言われてショックを受けてしまったことに、内心うろたえていた。ローラが自分の想像《そうぞう》の産物にどんな感情《かんじょう》をもたせようと、関係ないはずなのに、なぜかそれが気になった。

「ごめんなさい。でも、本当のことなの。どうしてあなたのことを好きじゃないのかわからないけど、彼《かれ》らがそばに来てほしくないと思ってるなら、そのとおりにしておいたほうがいいわ」ローラは言った。

そのとき、継母《ままはは》がローラのことをピアノのレッスンだとよびに来なかったら、ペネロペはローラに何をしたかわからない。

家へもどるときも、ペネロペはまだふるえていた。

こうしてペネロペは、ローラのおろかさをあばくことに全力をそそぐようになった。目がさめているあいだは一瞬《いっしゅん》たりともローラから目をはなさなかった。〈小さい人たち〉なんて哀《あわ》れな妄想《もうそう》にすぎないということをみとめさせてやる。父親にも、ただの夢想家《むそうか》だってことをバラしてやる……。

父親が、何よりもウソつきがきらいだということを、ペネロペは知っていた。義理《ぎり》の妹が恥《はじ》をかいて笑い者になるところを想像《そうぞう》して、ペネロペはうれしさに身をふるわせた。

けれども、期待していた屈辱《くつじょく》の瞬間《しゅんかん》は、おとずれなかった。夕食の食卓《しょくたく》でも、機会があるごとにローラに〈小さい人たち〉の話をさせようとしたけれど、ローラはがんとしてその話題に引っぱりこまれることをこばんだ。結果として、ペネロペのほうが妖精《ようせい》に夢中《むちゅう》になっているように見えてしまった。

ローラを笑い者にしてやりたいという思いは、日に日にどす黒さを増《ま》していき、憎《にく》しみはおさえようもなくふくらんだ。今やペネロペは、ローラからかたときも目をはなさなかった。義理《ぎり》の妹のしっぽをつかんでやりたいという飽《あ》くなき思いに、身も心もとらわれていた。

ローラが目に見えない友だちとしゃべっているところを、どうしても父親に見せなければ。ペネロペはかたく心に誓《ちか》ったけれど、その状況《じょうきょう》をつくりだすのは、かんたんではなかった。ローラはネコのような耳をもっているらしくペネロペたちの足音をききつけると、まったく別のことをしているふりをした。

そうこうしているうちに、ある日、ペネロペはローラが池のそばでひとり言をつぶやいているのを見つけた。

ふと芝生《しばふ》の向こうを見やると、父親がこちらへ歩いてくる。

こんな幸運がおとずれるなんて！

ペネロペは人さし指をくちびるに当て、父親に向かってそっと手まねきをした。

「いったいなんだい？」父親はペネロペの横まで来ると、ささやいた。「何かいるのか？」ペネロペの父親は、熱心なアマチュア博物学者だった。「カワセミだな？　このあいだ、一羽見かけたんだ。美しい鳥だ」

「そうじゃないの」ペネロペはにんまりしてささやきかえした。「見せたいものがあるの――」

ところが、まさにそのとき、ペネロペの顔の真ん前から巨大《きょだい》なトンボが飛びたった。

ペネロペは仰天《ぎょうてん》して手をふりまわし、そのまま後ろの池に落ちてしまった。池は浅かったので、ペネロペはみじめなすがたでスイレンの真ん中でしりもちをつくはめになった。

水音をきいてローラが走ってきた。ローラは本当に心配そうな顔をしていた。むしろ、先にふきだしたのは、父親のほうだった。

父親は真っ赤な顔をふるわせて笑いをこらえていたが、やがて大きな声でワッハッハと笑いはじめた。

すぐに、ローラもいっしょになっておかしそうに笑いだした。

ペネロペは立ちあがると、父親があやまっているのに耳も貸《か》さずに、足音を響《ひび》かせて家へもどっていった。後ろから、また父親が笑いはじめたのがきこえた。

恥《はじ》をかいたことで、義理《ぎり》の妹をさらし者にしてやりたいという気持ちはなえるどころか、逆にますます強くなった。その思いはうらみに凝縮《ぎょうしゅく》した。たとえ一年かかろうとも復讐《ふくしゅう》しようと、ペネロペは決意した。じっくり観察して、時を待つのだ。

しかし、そうやってまた見張《みは》りはじめたものの、なんの成果も得られなかった。いらだちはつのり、憎《にく》しみはますます燃《も》えあがった。

ローラがこそこそうろついているところや、一人でしゃべっているのを見かけることもあったが、それだけでは足りない。父親に大切な義理《ぎり》の娘《むすめ》の本当のすがたを知らせる決め手となるものが必要なのだ。

でも、決め手って……？

ついにある夜、その機会がおとずれた。

廊下《ろうか》の床《ゆか》がきしむ音をきいて、ペネロペはそっとドアをあけた。

すると、ローラがこっそりと階段《かいだん》をおりていくのが見えた。

やがて、玄関《げんかん》のかんぬきをカチャリとはずす音がしたので、ペネロペはおどろいた。

ペネロペはにんまりして部屋へもどると、窓《まど》へ駆《か》けよった。こんな真夜中に本当に外へ出るつもり？

まちがいない。ローラが月の照らす庭のほうへふらふらと歩いていく。どうやらペネロペが思っていた以上に、頭がおかしかったらしい。

すぐさま父親を起こして、ローラがとっぴな行動をどう説明するか、きいてやろうか。そう思うと、ぞくぞくした。

けれども、ペネロペはそうはしなかった。みとめたくないが、心のかたすみに、ローラの言うことを信じたいというかすかな気持ちがあったのだ。本当に妖精《ようせい》と心を通いあわせているのかもしれない、と。

ペネロペはあわててガウンをはおると、足音をしのばせて廊下《ろうか》に出た。階段《かいだん》をおり、外へ出て裸足《はだし》のまま芝生《しばふ》におりると、地面にはまだ昼のぬくもりが残っていた。

月光が庭を洗《あら》うように照らし、夢幻的《むげんてき》な青ざめた輝《かがや》きで、あらゆるものがひずんで見えた。

けれども、芝生《しばふ》の上には、くっきりとした青い影《かげ》が落ちていた。

ローラは門のほうへ向かっていた。不気味な光を浴びて、白い夜着がこうこうと輝《かがや》いて見える。人間というより、幽霊《ゆうれい》のようだ。鬼火《おにび》のようにチラチラとゆらめきながら、雑木林《ぞうきばやし》の濃《こ》い闇《やみ》のなかへすうっと入っていった。

万が一ローラがふりかえっても、見られる心配がなくなると、ペネロペはすぐさまあとを追って、芝生《しばふ》を歩きはじめた。これからどうしようかと思うと、興奮《こうふん》で胸《むね》が高鳴った。

大声を出して、家族を起こそうか？　そうすれば、ローラはどうして真夜中に庭をうろついていたのか、説明しなければならなくなる。でも、それはペネロペも同じだ。

ローラのチラチラと光る影《かげ》は、庭と牧草地の境《さかい》にあるオークとハシバミの林の

なかへ入っていった。

すぐ近くの高いこずえでフクロウが鳴き、家の裏《うら》のほうから別のフクロウが鳴きかえした。

黒々とうかびあがった枝《えだ》を見あげると、またフクロウがホーと鳴いた。

前へ視線《しせん》をもどすと、ローラが立ちどまっていた。

裸足《はだし》の足がイバラに引っかかれるのにもかまわず、ペネロペはじりじりと前へ出た。

ようやくオークの木まで行って幹《みき》のかげからそっとのぞいた次の瞬間《しゅんかん》、ペネロペはおどろきのあまりあんぐりと口をあけた。目の前に信じられないような光景が広がっていた。ペネロペの頭は、必死になって目で見ているものを受け入れようとした。

月あかりにこうこうと照らされた場所に、ローラがひざまずいている。林のなかにぽっかりとあいた草地の上に夜着が広がっている。

そしてそのまわりを囲むように——地面の上から頭のまわりまで——何十匹もの小さな妖精《ようせい》たちが飛びかっていた。

彼《かれ》らは何か超自然的《ちょうしぜんてき》な発光源《はっこうげん》をもっているらしく、ホタルのように光を放っていた。体を動かすたびにますますきらときらめいていて、小さな星のように見える。ローラの頭のまわりや顔の前をさかんに飛びまわるので、あたかも美しくゆらめく青白い後光がさしているようだった。

妖精《ようせい》の一匹《ぴき》がペネロペを見つけ、ローラの肩《かた》へピュッと飛んで、なにやらささやいた。

ローラはゆっくりとふりむいた。

ペネロペはかくれていた場所から出ると、ローラが魔法《まほう》の場によんでくれるのを期待してにっこりほほえんだ。

ところが、ローラの顔にうかんでいるのは、悪意そのものだった。ぞくっとするような冷たい目でペネロペをじっと見すえてから、ローラはぷいとそっぽを向いた。

ローラが妖精《ようせい》に何かささやいているのが見えたが、声はきこえなかった。

妖精《ようせい》たちはローラのまわりに群《むら》がり、夜着にぶらさがり、肩《かた》の上にすわった。

闇《やみ》のなかから次々とやってくる。数百はいるにちがいない。

ペネロペは胸《むね》をときめかせながらそれを見ていた。

すると、ふたたびローラがこちらを向いた。

同時に、何百という光り輝《かがや》く小さな顔もペネロペを見た。

ローラの口がくちびるをほとんど動かさずに、何かをささやいた。

次の瞬間《しゅんかん》、やわらかい衣《きぬ》ずれのような音とともに、妖精《ようせい》たちがいっせいに飛びたち、空中でいったん集まると、ペネロペめがけてつっこんできた。

それでも、ペネロペはすぐには動かなかった。魔物《まもの》たちの美しさと、群《む》れになって飛ぶときに放たれるまばゆいばかりの輝《かがや》きにぼうぜんとなっていたのだ。

〈小さい人たち〉の本当のすがたを見たのは、彼《かれ》らが顔の数十センチ前まで来たときだった。

初めて見えたのだ。邪悪《じゃあく》な光を宿した黒い目と、かさぶただらけの肌《はだ》と、ニッと笑った口と、鋭《するど》い牙《きば》と、猛々《たけだけ》しい爪《つめ》が。

ペネロペは悲鳴をあげようとしたが、魔物《まもの》たちはたちまち襲《おそ》いかかった。

翌朝《よくあさ》、継母《ままはは》は、いつものように自然と交流するために外へ出て、ペネロペを見つけた。イバラがからみついた白い肌《はだ》は傷《きず》だらけで、目は恐怖《きょうふ》に大きく見ひらかれていた。

死因《しいん》は特定されなかった。

医者は、眠《ねむ》ったまま歩いているうちにイバラのやぶにふみこみ、パニックになって心臓発作《しんぞうほっさ》を起こしたのではないかと言った。ほかの人より心臓《しんぞう》が弱い人はいるのです、と医者は言った。

悲劇的《ひげきてき》な事件《じけん》だったけれど、継母《ままはは》は悲劇《ひげき》を楽しんだ。じっさい、嬉々《きき》として葬《そう》式《しき》の準備《じゅんび》をおこない、あとからだれもが、感動的な美しい式だったと口をそろえた。
ローラは自作の詩を朗読《ろうどく》した。
妖精《ようせい》についての詩だった。

‡　‡　‡　‡

小さな悪魔《あくま》たちが群《むら》がるイメージは、ぼくの頭に居《い》すわり、去る気はないようだった。またもやそのときの光景が夢《ゆめ》の一場面のようにうかんできた。今度もまた、物語には出てこなかった別の人間——人間とはかぎらないが——が、物かげにひそんでいるようなおぼろな印象が残った。
幻《まぼろし》が消えてしまう前に正体を見きわめようと、そちらばかりに気をとられていたためか、白いドレスの女が話しかけているのに、気づかなかったらしい。何度目かで、ぼくはようやく返事をした。

「はい？」ぼくはバカみたいにききかえした。「すみません、その……」

どう続ければいいのかわからなかったので、ぼくは言葉をにごしてだまりこくった。脳《のう》が眠《ねむ》りの快楽《かいらく》を求めている。ぼくはのろのろと頭をふった。

「不安そうな顔をしているわ」白いドレスの女は言ったが、心配しているふうではなかった。ぼくの一挙一動に興味津々《きょうみしんしん》といった感じだ。自分の話で相手を心となない気持ちにさせることに一種の達成感を抱《いだ》いているにちがいない。ぼくもまんまと乗ってしまったわけだ。ぼくだってあんな物語をきかせるなら、相手をこわがらせたい。結局は、半分はそれが楽しみのようなものなのだから。

「いいえ、不安とはちがいます。不思議な話だなと思って。たしかに寝《ね》る前にきいたら、ぐっすり眠《ねむ》れないかもしれませんね。まあ、さいわいぼくは妖精《ようせい》は信じていませんから。邪悪《じゃあく》な妖精《ようせい》だろうと、いい妖精《ようせい》だろうとね」

「それはそうよ。あなたは合理主義者《しゅぎしゃ》ですもの。これまでお話ししていて、よくわかってるわ」

「ええ、そういうことでしょうね。おそらく」

「あらゆることに合理的な説明を求めるでしょう？」

「超自然的《ちょうしぜんてき》な物語をきくのは好きですよ。ただ、物語は物語にすぎない。物語に出てくるようなことが、現実《げんじつ》世界に存在《そんざい》するとは思っていません。ときどき、存《そん》在《ざい》すればいいのにと思うこともありますが」ぼくはにっこりほほえんで、つけくわえた。「とはいえ、人殺しの妖精《ようせい》はかんべんしてほしいですけどね」

「現実《げんじつ》世界？」白いドレスの女は説明を求めるようにぼくの言葉をくりかえした。

「ええ」ぼくは、なぜその言葉に引っかかるのかよくわからないまま、答えた。

「この世界のことですよ」ぼくは両手をぐるりとまわして、車両や列車から切り通しやその先までをさししめした。「ぼくたちの世界です」

白いドレスの女は、例の不思議な笑《え》みをうかべ、目を輝《かがや》かせた。

「今まで、この世界には目に見えるもの以上の何かがあると感じたことは一度もないの？」

「少なくとも妖精《ようせい》は見たことがありません」ぼくはにっこり笑った。「見たことがあれば、さすがにおぼえているでしょうからね」

「でも、お義母《かあ》さまは、そうしたことについては別の考えをおもちでしょう？　そうじゃなくて？」

またもや、話題が継母《ままはは》にもどったようだ。

「そのとおりです。義理《ぎり》の母にだって自分の意見を言う権利《けんり》はありますからね。まちがっているにしても」

白いドレスの女は首をかしげて、しげしげとぼくを見つめた。

「お義母《かあ》さまがトンネルの夢《ゆめ》を見て、今、じっさいわたしたちがここにいることを、おかしいとは思わないの？」

継母《ままはは》の夢《ゆめ》の内容《ないよう》を白いドレスの女に話したおぼえはなかった。ぼくの頭は、本当にどうかしてしまったらしい。「ええ。たしかにおかしいかもしれません。トンネルの夢《ゆめ》を見たのは事実ですからね。それだけではなくて……」

継母《ままはは》がキスの予感がすると言ったのを思い出して、ぼくは赤くなった。そんなことをよく知りもしない若《わか》い女性《じょせい》に向かって言うなんて、常識《じょうしき》はずれに思えた。

「なあに？」白いドレスの女は片方《かたほう》のまゆをあげた。

「つまり、こういうことですよね」ぼくは咳《せき》ばらいして話題を変えた。「世の中にはつねに〝偶然《ぐうぜん》の一致《いっち》〟というものが存在《そんざい》します。そうしたことに何か意味を見いだしたがる人間もいる。この線路にいくつかトンネルがあることは、義理《ぎり》の母はもちろん、だれだって知っています。義理《ぎり》の母は危険《きけん》なことが起こると言ったわけですが、列車がとまったくらいでは、危険《きけん》とは言えないでしょう。たしかにうんざりはしますが」

「なるほどね。だけど、旅はまだ終わっていないわ」白いドレスの女は言った。

その言い方は、これまでと同じように上品で礼儀《れいぎ》正しかったけれど、どこか攻《こう》撃的《げきてき》な感じがした。

ぼくはほかの乗客のほうを見て目をさますよう念じたけれど、うまくいかないので、わざと大きな咳《せき》ばらいをしてみた。でも、やはり効果《こうか》はなかった。農夫の手が一瞬《いっしゅん》、ピクッと動いたが、それだけだった。

「どんな旅にも危険《きけん》はつきものよ」白いドレスの女は言った。

「ぼくたちはロンドンへ行くだけですよ」ぼくはきっぱりと言った。「北西航路［北アメリカ大陸の北方を通って大西洋と太平洋をむすぶ航路。大航海時代から多くの探検家がいどんだが、二十世紀に入るまで成功しなかった］を発見しようって言うんじゃないんですから」

白いドレスの女はぼくの皮肉にほほえんだ。ぼくもじっさい、自分の気のきいた受けこたえをひそかに得意に思った。

「これまであまり旅をしたことはないんでしょう」質問《しつもん》というより、そう決めつけるように、女は言った。

「ええ。ブリテン諸島《しょとう》［グレートブリテン島とアイルランド島の二つの大きな島と、その周囲の大小の島々］は出たことがありません。というか、そう考えると、イングランドを出たこともないんです」

それに気づいて、ぼく自身、落ちこんだ。イングランドはすばらしいところだし、世界でいちばん優《すぐ》れた国だ。だが、だとしても、別の場所へ行って本当にそうなのかたしかめるのは、悪くはないだろう。

「スコットランドは、この世でいちばんロマンティックなところよ。行ってみたいと思ったことはない？」

「あるとは言えません」ぼくは答えた。

「スコットランドのある島の物語を知っているの」ぼくに興味《きょうみ》はないことなどまるでおかまいなしに、白いドレスの女は言った。「ききたい？」

「そうですね……」ぼくは言いかけた。

「よかったわ」

# 猫《ねこ》背《ぜ》岩《いわ》

# THE CROTACH STONE

スコットランド北西沖にうかぶアウターヘブリディーズ諸島は、氷が後退《こうたい》するのにしたがって北へ移動《いどう》を続けた太古の祖先《そせん》にとっては、世界の果てのように思えたにちがいない。

今ではみな、世界は丸いと知っているけれど、それでも北西の果てにある島々は、世界のはしに立っている歩哨《ほしょう》のように思える。

そのうちの一つの島の西の海岸ぞいを、でこぼこ道が走っていた。ポニーが荷馬車を引いて、その曲がりくねった道を歩いていたが、果てしなく広がる荒野《こうや》と砂丘《さきゅう》、そして砂《すな》と海のなかでは、ごくちっぽけな点のように見えた。

数キロ先の入り江《いりえ》に、家が数軒《すうけん》、ずんぐりした教会に身をよせるように建っている。

フレイザー医師《いし》は顔をしかめた。自分で走らせると言いはった荷馬車が、またもや路面のくぼみで激《はげ》しくゆれたのだ。

息子《むすこ》のデイヴィーは父親から顔をそむけると、骨《ほね》のように白い砂浜《すなはま》の広がる湾《わん》と、その先の、羊毛のような雲を抱《いだ》いた藍色《あいいろ》の山脈をながめた。

父親は手綱《たづな》を引っぱると、大きな声でポニーにとまるように言った。

ポニーは喜んでしたがうと、すぐさま大きな頭を下に向け、草を食《は》みはじめた。

「ちょっと歩こうか。足をのばそう。どうだ？」父は息子《むすこ》に言った。

「おくれない？」デイヴィーはムスッとして言った。

「だいじょうぶさ。景色を見るくらいの時間はあるだろう」

父が荷馬車をおりたので、デイヴィーもあとに続いて、低い石塀《いしべい》をこえて歩きはじめた。

父は、野生の花から遠くに見える雲にかくれた山にいたるまで、目に入るものすべてについて熱っぽく語った。

デイヴィーはろくに返事もしなかった。

二人は草の生えた丘《おか》を横ぎっていった。草はウサギに食《は》まれ、短くなっている。左右にウサギの巣穴《すあな》を見ながら大きな砂丘《さきゅう》にのぼると、頂上《ちょうじょう》から大いなる大西洋が見わたせた。

「エジンバラには、こんな景色はないな。そう思わないか、デイヴィー？」

デイヴィーは何も言わなかった。なんて言えばいいんだ？　もちろん、エジンバラにはこんな景色はない。この荒涼《こうりょう》とした地には、エジンバラと同じものなんて何もありはしない。

しかし、迫力《はくりょく》があることはみとめないわけにはいかなかった。晴れた日なのに、風と海の音がとどろき、ほかの音はほとんどきこえない。かすれた声で鳴きさけぶ海鳥たちの声が時おり響《ひび》くだけだ。

父は、息子《むすこ》にとどくよう声をはりあげた。「まったく信じられん！　なんてすばらしい土地だ！」

それでもデイヴィーは何も言わなかった。

父の笑《え》みがじょじょに消え、父は息子に背《せ》を向けて、砂丘《さきゅう》を切りひらいた道を浜辺《はまべ》へ向かってくだりはじめた。

デイヴィーは父を五十メートルほど先へ行かせてから、あとに続いた。

母親が亡《な》くなってから、父にとってエジンバラでの暮《く》らしが幸せではなかったのは、デイヴィーもわかっていた。何か新しいことを始めて、悲しいことをわすれたいという気持ちも理解《りかい》できた。

けれど、だからといって、今回の引《ひ》っ越《こ》しをゆるすことはできなかった。友だちからも、生まれ育った町からも、グレイフライアーにある母親のお墓《はか》からもはなれ、アウターヘヴリディーズ諸島《しょとう》へ引《ひ》っ越《こ》すなんて、不毛な無の世界へ引《ひ》っ越《こ》すのに等しかった。

アウターヘヴリディーズという名前からして、陰気《いんき》で終末的な響《ひび》きだ。ギリシャ神話や古代スカンジナヴィア神話に出てくる最果ての地か、追放されたか漂流《ひょうりゅう》のすえ、流れつく地のようだ。

その地に、巨大《きょだい》なニシンの缶詰《かんづめ》工場を建設《けんせつ》するというので、デイヴィーの父親は従業員《じゅうぎょういん》と住民の医者として雇《やと》われたのだった。

けれど、デイヴィーには、どうしても近代的な漁業と時代にとりのこされたこの島をむすびつけることができなかった。岬《みさき》からヴァイキング船があらわれたとしても、蒸気船《じょうきせん》よりしっくりくるかもしれない。

その印象は、宝剣《ほうけん》エクスカリバー〔アーサー王伝説に登場する名剣〕のように砂丘《さきゅう》にささっている背《せ》の高い岩を見たとき、よけいに強まった。そちらへ向かって歩いていくと、日光がまるでスポットライトのように草むらの上を移動《いどう》し、舞台《ぶたい》の上の役者さながらに岩を照らし出した。

岩はかなりの高さがあった。二メートルはあるにちがいない。前にかたむいているので、どことなく、風に向かって歩いている人間を思わせる。ちょんとつついたら、ふりむきそうな気がして、デイヴィーはみょうな胸《むな》さわぎをおぼえた。

花崗岩《かこうがん》かそれに似《に》た大きなもので、サーモンピンクと灰色《はいいろ》がまじりあい、ところどころ水晶《すいしょう》の粒《つぶ》がきらきらと輝《かがや》いている。

だが、そんな岩肌《いわはだ》が見えているのはごく一部で、ほとんどがコケにおおわれている。青みがかった薄《うす》い灰色《はいいろ》のコケや白いコケ、卵《たまご》の黄身のような黄色に変色した部分や、海草のような草がふさふさと生えているところもある。潮《しお》だまりの底からひろいあげた岩を、絶《た》え間《ま》なくふく風に当てて乾《かわ》かすために立てておいたようだった。

てっぺんは鳥のフンだらけで、わきまでたれ、下に貝殻《かいがら》のかけらがちらばっている。

「鳥たちが金床《かなとこ》がわりに使ってきたらしい」デイヴィーの父はにっこり笑って言った。「ここで貝を割《わ》って、中身を食べるんだ」

デイヴィーはぼんやりとうなずいた。

フレイザー医師《いし》はマル島［スコットランド本土に近いインナーヘブリディーズ諸島で二番目に大きい島］で少年時代をすごしたので、

息子《むすこ》にも自然への興味《きょうみ》をもたせようとしていた。けれども、当のデイヴィーはそんなものにはまったく興味《きょうみ》はなかった。エジンバラの煙《けむり》で黒ずんだ塀《へい》や石だたみの通りが恋《こい》しくてしかたなかったのだ。

そのときふと、岩の反対側の地面に目がいった。貝殻《かいがら》以外のものがある。デイヴィーはしゃがんで、よく見てみた。

草むらに半分かくれるように、もう一つ別の岩が地面にささっていた。表面に割《わ》れ目《め》があり、そのなかにいくつか奇妙《きみょう》なものがつめこまれている。

デイヴィーの父親もやってきて、それに気づいた。

日光を浴びてきらきら光っている真鍮《しんちゅう》のロウソク立ての横に、レースの切れはしがあり、そのとなりに銀のスプーンがある。さらに奥《おく》のほうを見ると、本と帽《ぼう》子《し》用のピンらしきもの、シルクのスカーフ、ブローチ、さらに貴金属類《ききんぞく》がおしこまれていた。

「おい、おめえら!」遠くから男のどなり声がした。見ると、道路に男が立って

いた。「そこからはなれろ！」

デイヴィーはパッと立ちあがった。

いきなりそんなふうに言われたことに父が腹《はら》を立てているのはわかったが、デイヴィーと同様、父も、男がショットガンをこちらへ向けているのに気づいていた。

「行こう、デイヴィー」父はかすれた声で言った。

二人は草地をもどり、銃《じゅう》をもっている男のほうへ近づいていった。

デイヴィーたちが石を積みかさねただけの塀《へい》を乗りこえて、道路にもどるまで、男は銃《じゅう》をおろさなかった。

「わたしに銃《じゅう》を向けないでいただきたい。もちろん、息子《むすこ》にもな」フレイザー医《い》師《し》は見知らぬ男をにらみつけた。

「おめえらには、あの土地に入る権利《けんり》はねえ」男は言った。老人だ。帽子《ぼうし》の下から白髪《しらが》がのぞいている。鼻は真っ赤で、すりきれた革《かわ》のように見えた。これほどまでに親しみというものを感じさせない人間は初めて見た気がする。

「何かまちがったことをしたのなら、あやまる。この島には来たばかりなのだ。だが、だとしても——」

「ここには近づくな」男はうなるように言った。「この砂丘《さきゅう》にかかわるんじゃねえ」

「わたしは新しく来た医——」フレイザー医師《いし》は言いかけたが、老人はフンと鼻を鳴らして、行ってしまった。

「まったく信じられん！　なんて無礼な男なんだ」フレイザー医師《いし》はクスクス笑って、首をふった。「みんなが、あんなでないことを祈《いの》ろう」

「エジンバラにもどりたい！」デイヴィーは強い口調で言った。

フレイザー医師《いし》はため息をついて、息子《むすこ》のうつむいた顔から目をそらし、海を背景《はいけい》にくっきりとうかびあがっている岩のほうを見た。

「やれやれ。だが、今はここにいるし、もうそれは変えようがないことだ。さあ、行こう。マクラウドさんが、何かあったんじゃないかと心配するからな」

そして、フレイザー医師《いし》はくるりと背《せ》を向けて、荷馬車のほうへもどりはじめた。

デイヴィーはためらったが、結局そのあとに続いた。

すると、さあっと後ろから風がふいてきて、一瞬《いっしゅん》、ささやき声がいっしょに運ばれてきたような気がした。

デイヴィーはふりかえったが、砂丘《さきゅう》と岩以外、何もなかった。


やがて、デイヴィーと父親は、これからしばらくのあいだ住むことになる家に着いた。

荷馬車からおりて、家へ向かって歩きながら、ふりかえると、地平線上に例の岩がまだくっきりと見えていた。

家は、まわりの家よりもかなりりっぱだったし、港からここに来るまでに見た低い草葺《くさぶき》の農家にくらべれば、宮殿《きゅうでん》だった。

「フレイザー先生ですね？」日焼けしたいかつい男が、玄関《げんかん》の階段《かいだん》から声をかけた。

「そうです」フレイザー医師《いし》は言って、握手《あくしゅ》した。「マクラウドさんですね」

「これからいろいろ先生のお世話をさせていただくアラスデア・マクラウドです。さあ、なかへどうぞ」

石じきの玄関《げんかん》をぬけて応接間《おうせつま》へ入ると、マクラウドは母親を紹介《しょうかい》した。

デイヴィーはそれで初めて暖炉《だんろ》のわきにショールにくるまってすわっている老女に気づいた。

老女はフクロウそっくりで、他人が入ってきたことにすこしおどろいたようだった。

「マクラウド夫人ですね」フレイザー医師《いし》は言った。

老女はにっこりして、うなずいた。

「そのりっぱなぼっちゃんが息子《むすこ》さんですね」マクラウドは言った。

「握手《あくしゅ》なさい、デイヴィー。礼儀《れいぎ》はどうした？」

デイヴィーが手をさしだすと、マクラウドはあたたかくにぎりしめた。

「船旅で大変な思いをなさってないといいんですが」デイヴィーのムスッとした表情《ひょうじょう》を見て、マクラウドはきいた。

「そんなことはありません。海は貯水池みたいに静かでしたよ」

「そうですか。そりゃよかった。港からここまでは？」

「ええ、地元の方と会いましてね。あまり友好的とは言えない方でしたが」

「本当に？」マクラウドの笑顔《えがお》がくもった。「それは、大変申しわけねえことをしました」

フレイザー医師《いし》は、何が起こったかを説明した。

マクラウドはうなずいたり、ため息をついたりしながら熱心にきいていた。

「そりゃ、マードだな」マクラウドは言った。

「マードは島の〝古老〟のめんどうを見てるんだ。いい男だよ」マクラウド夫人が言った。

「悪く言うつもりではなかったのですが」フレイザー医師《いし》はにっこりほほえんだ。

「マードは――今はなんて言うのかな？　そう、社交性《しゃこうせい》ってえのに、欠けてるんです。でも、悪気はないんですよ」マクラウドは言った。

「ええ、きっとそうなんでしょうね。別れぎわに『砂丘《さきゅう》には近づくな』と言われたんです。われわれはあそこにある古い立石を見ていただけなんですが」

マクラウドは大きく息を吸《す》いこんで、祈《いの》るときのように両手を合わせた。そして、不安げにちらりと母親のほうを見たのにデイヴィーは気づいたが、老女は何も言わなかった。

「たぶんクラッチ・クロタチのことでしょう」マクラウドは言った。

「え？」フレイザー医師《いし》はききなおした。

「先生はゲール語〔アイルランド語。スコットランドなどでも話されるようになった。今は話す人は多くない〕は話されますか？」マクラウドはたずねた。

「昔は、話せました。子どものころはね」フレイザー医師《いし》は悲しそうに言った。

「ここで生活するうちに、思い出すんじゃないかと期待しているんですが」

「ああ、そうなりゃ、すばらしいですね」マクラウドは言った。「クラッチってのは、岩のことです。クロタチは、ええと、猫背《ねこぜ》ってことなんです。つまり、猫《ねこ》背《ぜ》の岩です」

「ですが、そのマードという男は、なぜわれわれがあそこにいたことであんなに激《はげ》しくおこったのでしょう？」

マクラウドはそわそわしているように見えた。デイヴィーは、マクラウドが緊張《きんちょう》しているのを感じた。父親もそう感じたようだった。

「フレイザー先生、クラッチ・クロタチは、キリストさまの福音《ふくいん》の言葉がこの島に来る前からのもんなんです……」一瞬《いっしゅん》、間をおいてから、マクラウドは言った。

「ほう？　そういったものがいまだにここにあるとはおどろきですな。このあたりの島の民《たみ》は、敬虔《けいけん》なキリスト教信者だときいていましたから。たおすことはできないんですか？」

マクラウドの目がわずかに見ひらかれた。

「たおす？」マクラウドは、ほとんどひとり言のように小声でくりかえした。

「ええ、そうです。あなたと息子《むすこ》さんたちなら――」

「そりゃ無理です、先生」マクラウドはきっぱりと言った。

「おお、そんなことをすれば、島の〝古老〟のきげんをそこねる。〝古老〟は快《こころよ》く思わない」マクラウド夫人が言った。

「おふくろ」マクラウドがだまらせた。

「だが、まちがいなく――」フレイザー医師《いし》は言いかけた。

「先生、あなたは島に来たばかりだ」ふいに自分は子どもに話しているのだと悟《さと》ったかのように、マクラウドは言った。「わしらは変化を好まない。ここでやっていかれるおつもりなら、それはご理解《りかい》いただくしかねえ」

マクラウドは笑《え》みをうかべながら言ったが、デイヴィーはその声におどすような響《ひび》きがあるのを感じとった。

「岩のそばにいくつかものが置いてありました。なかには高価《こうか》な品《しな》もありましたよ。このあたりの人々が、ああいった異教《いきょう》のものにのめりこまないといいのですが」

マクラウドは笑《え》みをうかべた。

「まあまあ、フレイザー先生、そんなにあきれたようにおっしゃらんでください。目くじらをたてるようなことじゃねえんです。石にちょっとしたささげものをしてるだけですから」

「なんと！　いったいなんのためです？」フレイザー医師《いし》はまゆをよせてたずねた。

マクラウドは肩《かた》をすくめた。

「まあその、先生もごぞんじでしょう」岩にささげものをすることがこの世でいちばん自然なことのように、マクラウドは言った。「海をわたって本土へ行く者が旅の安全を祈《いの》るだけです。娘《むすめ》に赤んぼうが生まれることになりゃ、安産を祈《いの》る……」

デイヴィーは、父親がわずかに気色《けしき》ばんだのがわかった。

「昔のやり方を続けている者たちもいるんです」マクラウドは説明した。「島の民《たみ》は無学な連中なんです。こういった変わった風習にも目をつぶってくだせえ。エジンバラの方たちは、はるかに教養がおありで、こんなことには興味《きょうみ》はないんでしょうが」

「島の〝古老〟へは敬意《けいい》をはらわなければならぬ」マクラウド夫人が言った。

「おふくろ、いいから……」マクラウドは言った。「フレイザー先生、ここの住人たちにあまり手きびしくしないでくだせえ。みんな、いい連中なんです。約束します。スコットランドじゅうさがしたって、こんな敬虔《けいけん》な民《たみ》はいやしません」

フレイザー医師《いし》は息を深く吸《す》いこんで、息子《むすこ》を見た。

「ちょいと一杯《いっぱい》やりませんか？　経験《けいけん》上、一杯《いっぱい》引っかけりゃあ、ショックもやわらぎますから」

フレイザー医師《いし》は思わずほほをゆるめ、手をひたいにやり、そっとこすった。

「そうですね、マクラウドさん。ぜひ一杯《いっぱい》いただきましょう」

マクラウドは別の部屋へ入っていって、モルトウィスキーのびんと小さなグラスを二個《こ》、それから紅茶《こうちゃ》の入ったポットと二組のカップとソーサーをもって、もどってきた。

「勝手ながら、こいつと同じもんを一びん、お宅《たく》へ置いておきました。よかったでしょうかね？」マクラウドはたずねた。

「ご親切にありがとう。お母さまもごいっしょにいかがです？」フレイザー医師《いし》は言った。

「まさか、けっこうです、先生」マクラウドが言った。「おふくろは酒は飲まねえんです。な、おふくろ？」

「え、なんだって？」マクラウド夫人は言った。それから、デイヴィーのほうを見ると、にっこり笑った。「おまえさんはいい子だね。〝古老〟のことを大切にしてくれるね？　彼《かれ》らを放っておいてやれるね？」

「はい」ほかになんて答えればいいのかわからずに、デイヴィーは言った。この島の〝古老〟というのがみんなマクラウド夫人みたいなら、放っておくのはちっともむずかしいことじゃない。

すると、マクラウドが紅茶《こうちゃ》のカップをさしだした。

「いい子だよ。この子はいい子だよ、アラスデア。りっぱな子だ」マクラウド夫人が言った。

「ほら、おふくろ。ぼっちゃんがびっくりしてるじゃないか。スランジバール［たがいの健康を祈るゲール語の乾杯の言葉］、先生」

「スランジバール」フレイザー医師《いし》も言って、グラスをかかげた。「おお、これは上等なウィスキーだ」

二人はしゃべりはじめ、デイヴィーは気がつくと、エジンバラの街やこれまでの生活のことをあれこれ考えていた。しかし、父親がグラスを置いたカチンという音で、現実《げんじつ》に引きもどされた。

「ここの人たちのことをもっと教えてください、マクラウドさん。自分の患者《かんじゃ》になる人たちや、彼《かれ》らの迷信《めいしん》について、知っておきたいのです」

「先生、しばらくここで暮《く》らせば、ここの人間が今でも深くむすびついてるってことがわかると思います。湖や海や天気や……」

「異教《いきょう》の岩とね」フレイザー医師《いし》は片方《かたほう》のまゆをあげてみせた。

「ええ、まあそうです。そのことですが、あのあたりには近づかないよう、お願いしなきゃなりません。もちろん、息子《むすこ》さんもです」

「近づくと、撃《う》たれる？」フレイザー医師《いし》はニヤッと笑った。「ショットガンをもったマードじいさんに追いかけられますかね？」

マクラウドは大きなため息をついて、疲《つか》れたようにほほえんだ。

「そうやって、決めつけないでくだせえ、フレイザー先生。わしらはみんな、新しい地主さんに感謝《かんしゃ》してますし、工場ができて、島の若《わか》いもんに働き口ができるのを喜んでるんです。だが、ここは本土じゃない。先祖《せんぞ》から受けついだものや伝統《でんとう》をそうかんたんには捨《す》てられんのです」

「おこらせるつもりはなかったんです、マクラウドさん」フレイザー医師《いし》は殊勝《しゅしょう》に言った。ちょっとからかいすぎたと後悔《こうかい》したのだろう。「ウィスキーのせいで舌《した》が軽くなって失礼なことを言ってしまった。おゆるし願いたい」

マクラウドはにっこり笑って、ゆるすとかゆるさないとかそんな大げさなことではない、わしらは大いに気が合いますよ、と言った。

そして、二人とも二杯目《はい》をついだ。

「あの岩は、ここの住民にとって大切なもんなんです。先生みたいにここで暮《く》らしたことがねえ人には、うまく説明はできねえんだが。なんて言うか、ガキのころから島にあって、いっしょに育ってきたもんなんですよ」

「いったいなんの話をしてるんだね、アラスデア？」マクラウド夫人がまゆをひそめてたずねた。

「おふくろには関係ないことだよ」

「アラスデアはいい子なんですよ」マクラウド夫人はデイヴィーを見て、それからデイヴィーの父親を見た。「いつも〝古老〟に親切にしてきた」

「おふくろ」マクラウドは笑って首をふった。「もういいから」

それから、フレイザー医師《いし》のほうへ向きなおり、声をひそめて言った。

「すみません、最近、おふくろはわけがわからなくなるときがあるんです」

「わかりますよ。あやまるようなことじゃありません。岩の話の続きをしてください」

「いや、もう、大してお話しすることなどありません」マクラウドはグラスを置いた。「ただ、これだけはお願いします。この件《けん》ではわしらに合わせて、あの砂丘《さきゅう》と岩には近づかんでください」

そう言ったとき、マクラウドのようすがわずかに変わった。デイヴィーは、マクラウドの声にさっきまではなかった真剣《しんけん》な響《ひび》きを感じとった。何かを警告《けいこく》しようとしているみたいだ。そのせいでデイヴィーはまたマードのことを——ショットガンをもった男のことを思い出した。

こいつらは頭がおかしいんだ。自分たちがくだらない理由で特別だと思いこんでる場所をちょっと散歩しただけで、人を撃《う》つような連中なんだ。

「それからもう一つ」マクラウドは、どこか無理のある笑《え》みをうかべた。「砂丘《さきゅう》をまわって向こう側にある浜辺《はまべ》に行きたくなったら、あそこは潮《しお》の満ち引きがおそろしいほど速いんで、気をつけてくだせえ。潮《しお》の流れも相当強いんでね。できりゃ、行かねえほうがいい」

そう言うと、マクラウドは立ちあがってにっこり笑い、手をこすりあわせてから、そろそろご迷惑《めいわく》でしょうからおいとまします、と言った。何か必要なものがあれば、遠慮《えんりょ》なく言ってくだせえ、うちは五百メートルもはなれてませんから、とマクラウドは言いのこして出ていった。

それからの数週間は、ひどくのろのろとすぎていった。

デイヴィーは休暇《きゅうか》が終わって、本土の学校にもどる日が待ちきれなかった。とはいえ、それで何もかもうまくいくというわけではない。新しい学校に通うことになっているが、デイヴィーはすぐに友だちをつくるタイプではない。じっさい、前の学校では友だちはできなかった。

父親はすっかり島に夢中《むちゅう》になり、デイヴィーはそれが腹《はら》だたしくてしょうがなかった。デイヴィーはますますたいくつをつのらせ、かたや父親はますます誇《ほこ》らしげに、新しい入り江《いりえ》や丘《おか》や泥炭湿原《でいたんしつげん》を発見したことを話してきかせた。

昼間がつまらないとすれば、夜は果てがないように思えた。島はエジンバラよりさらに北にあったので、冬の日照時間が短いかわりに夏の日は長く、それこそ永遠《えいえん》に続くように思える。夜の十時でも不思議な薄明《はくめい》があたりを照らしていた。

デイヴィーはなかなか寝《ね》つけず、せっかく余分《よぶん》に明るい時間があるのに、使い道がないことに腹《はら》を立てた。それに、たとえ何かおもしろいことがあったとしても、長いたそがれどきを利用するチャンスはなかっただろう。父親が就寝《しゅうしん》時間を守れと言いはったからだ。

デイヴィーは毎晩《まいばん》のように、目が冴《さ》えて眠《ねむ》れずに、天井《てんじょう》を見つめ、窓《まど》のカーテンや、薄明《うすあ》かりに照らされた花模様《はなもよう》をながめた。そして、この神にも見すてられたような場所に連れてきた父親への憎《にく》しみを燃《も》やし、怒《いか》りで煮《に》えくりかえった。

やはりそんな薄明《うすあ》かりの夜だった。デイヴィーは眠《ねむ》れずにベッドから起きだし、窓《まど》まで行った。カーテンをあけて、入《い》り江《え》のほうを見やると、不思議な真珠《しんじゅ》の色あいを帯びた、水というよりはみがきあげた金属《きんぞく》のような海が広がっていた。

明るいとはいえ昼間とちがう光には、この世のものとは思えない雰囲気《ふんいき》があった。その光の下で見ると、あらゆるものがどこか不気味に見えた。

デイヴィーは、クラッチ・クロタチ――〈猫背岩《ねこぜいわ》〉――と禁断《きんだん》の砂丘《さきゅう》のほうへ目をやった。とたんに、フッとある考えがうかんできて、デイヴィーはニヤリと笑った。どうしてもっと前に思いつかなかったんだ？

次の日は、前の晩《ばん》の不気味な静けさとはまったく対照的な日だった。大西洋は荒《あ》れて、点々と白い波しぶきが散り、遠くに見える山の頂《いただき》には陰気《いんき》な雲がたれこめ、激《はげ》しい風が家の軒《のき》をかすめて、あたりのねじれた木々をいたぶった。

朝食が終わって父親が工場へ出かけると、デイヴィーはすぐに出発し、荒《あ》れ野《の》の小路を歩いていった。

朝食のときデイヴィーが、あとでそのへんを走ってくると言うと、父親はうれしそうに笑った。息子《むすこ》もやっとふさぎこむのをやめてこの土地にすこしなじんできたと思ったのだ。

デイヴィーは小路をすこし歩いてから、走りだした。

家からはなれ、町からはなれ、〈猫背岩《ねこぜいわ》〉を通りすぎた。一・五キロほど走ったところで、さらに細いふみわけ道へ入り、海辺へ向かっておりていった。

二つの砂丘《さきゅう》のあいだを走っていくと、やわらかい砂《すな》に足が埋《う》もれた。

砂丘《さきゅう》に生えた草が風にたたかれてピシピシ音を立てている。

デイヴィーは、どこか現実《げんじつ》ばなれした〝無〟のなかに広がる白い砂浜《すなはま》に走り出た。さらに満潮《まんちょう》のときの水の跡《あと》をこえ、貝殻《かいがら》や干《ひ》からびた海草をバリバリとふみくだきながら、波打ちぎわまで行った。

とどろくような波音が響《ひび》き、ほかには何もきこえない。デイヴィーは腰《こし》に手を当て、体を折り曲げて、ハアハアと息をついた。

低くたれこめた雲が、海霧《うみぎり》のように入り江《いえ》をわたり、晴れている日にはくっきりと見える本土の丘《おか》や山をおおいつくした。

すべてを包みかくすベールが、デイヴィーを大胆《だいたん》な気持ちにさせた。彼《かれ》は今、霧《きり》と風と波の猛々《たけだけ》しい音楽に守られた、とざされた世界にいるのだ。すがたを見られることも、声をきかれることもない。そう、決して。

デイヴィーは〈猫背岩《ねこぜいわ》〉に近づいていった。けれど、不思議な果てのない風景と渦《うず》まく霧《きり》のせいか、岩のほうが近づいてくるように思え、霧《きり》のなかに黒いすがたがぬっとうかびあがった。

デイヴィーはとなりの小さな岩の裂《さ》け目《め》につめこまれたささげものへ目をやった。これを盗《ぬす》もうというのだ。べつにほしいわけではない。あのひどい連中を――マクラウド夫人や、このみじめな土地の〝古老〟とやらを、かんかんにおこらせてやりたいだけだ。

犯人《はんにん》は、すぐにわかるだろう。この哀《あわ》れな島には、ほかにそんな度胸《どきょう》のある人間はいない。デイヴィーがやったことはすぐにばれるだろうし、そうなれば、とんだ恥《はじ》さらしで面目《めんぼく》は丸つぶれだ。父親は、もうここにはいられなくなるだろう。みなにうとまれ、のけ者にされるのはもちろん、ショットガンをふりかざすマードの耳に入れば、生きて帰れるだけで幸運かもしれない。

でも、ここを出られる。それだけがデイヴィーの望みだった。

デイヴィーはかがんで、小さな岩の裂《さ》け目《め》に手をつっこんだ。

だが、ゴソゴソとさぐったとたん、顔をしかめ、手を引きぬいた。

人さし指がざっくり切れている。かなり深く、ぱっくりとあいた傷口《きずぐち》を見ると、裂《さ》けた皮膚《ひふ》の下のピンク色の組織《そしき》まではっきりと見えた。

デイヴィーは気分が悪くなって、〈猫背岩《ねこぜいわ》〉に手を当てて体をささえた。〈猫背《ねこぜ》岩《いわ》〉はおどろくほどあたたかかった。

大粒《おおつぶ》のルビーのような血があふれ、ささげもののつめこまれた裂《さ》け目《め》にポタポタとたれた。レースのハンカチや、ロウソク立てや、その奥《おく》の、デイヴィーの指を切った肉きり包丁にも血がしたたり落ちた。

デイヴィーはハンカチをつかむと、指にまきつけた。霧《きり》で湿《しめ》って塩気をふくんでいたが、何もないよりはましだ。

デイヴィーはしたたり落ちた血を見て、ニヤリと笑った。自分の血より貴重《きちょう》なものがあるか？　願いごとをするのに、これ以上いいものはないじゃないか？

「父さんが、ぼくと同じように、この場所を憎《にく》みますように」デイヴィーは苦々しげに言った。「父さんが、この最低の島に愛想をつかして、ぼくをエジンバラに連れ帰りますように」

じっさいに願いをかけてみると、急にバカみたいな気がしてきた。願いをかけるくらいかまわないだろうが、とはいえ自分は時代おくれのマクラウド夫人や〝古老〟たちのようなだまされやすい連中とはちがう。

デイヴィーは持ち運びのしやすそうな古い時計とスプーン、それからかぎ煙草《たばこ》入れとブローチをひっつかんで、ポケットにつめこんだ。そして立ちあがると、岩に背《せ》を向け、浜辺《はまべ》のほうへおりていった。浜《はま》からまわって、だれにも見られないように道にもどろうと思ったのだ。

デイヴィーは砂丘《さきゅう》のてっぺんに立つ〈猫背岩《ねこぜいわ》〉をふりかえって、心臓《しんぞう》がドキッとした。岩が本当に人間――そう、猫背《ねこぜ》の男に見えたのだ。風へ向かって体をかたむけ、じっと耳をすましている男のようだった。

デイヴィーは一度前を向いてから、またすばやくふりかえった。そして思わず、フッと笑ってしまった。岩をだまして、正体をあばこうなんて、本気で思ったのか？　ここでの生活が長すぎたにちがいない。

デイヴィーは岩を見つめて、もう一度笑った。でも、どこか神経質《しんけいしつ》な笑いだったし、歩きはじめたあと、三度目にふりかえることはなかった。

指がズキズキして、レースのハンカチは血でワイン色に染《そ》まった。ハンカチをとって傷口《きずぐち》をたしかめたかったが、勇気が出なかった。

砂丘《さきゅう》の上を歩いていると、頭がすこしクラクラしてきた。

「こんな場所、大きらいだ！」デイヴィーは、ヒューヒューと無関心にふきつける風に向かってどなった。「だいきらいだーっ！」

浜辺《はまべ》に近づくと、砂丘《さきゅう》に埋《う》もれるように古い建物の一部がのぞいていることに初めて気づいた。

サーモンピンクと海のような緑色をした花崗岩《かこうがん》の巨大《きょだい》な壁《かべ》が、砂《すな》の下からのぞいている。水晶《すいしょう》をふくんだ石目がぬれたように光っていた。

デイヴィーは、軍隊がかくれられそうな大きな砂丘《さきゅう》によりかかるように腰《こし》をおろした。

風が荒々《あらあら》しくほえ、下の砂浜《すなはま》に白波がおしよせて、たけりくるう波の音をとどろかせているなか、ぽっかりとできた静かな空間にデイヴィーは身をしずめた。

息を深く吸《す》いこむと、潮風《しおかぜ》と岸に打ちあげられてどろどろになった海草のにおいで鼻がつんとした。

風は砂丘《さきゅう》の防壁《ぼうへき》のわずかなすきまを見つけて入りこみ、ふきあげられた砂《すな》が砂《さ》糖《とう》の粒《つぶ》のように渦《うず》をまいた。

砂《すな》が舞《ま》いあがり、その下に埋《う》もれていたものがすがたをあらわした。

デイヴィーは何が埋《う》もれているのか興味《きょうみ》がわいて、身を乗りだして風に手を貸《か》した。

だが、血に染《そ》まったハンカチをまいた手で砂《すな》を二、三回かいたとたん、恐怖《きょうふ》でこおりついた。

顔があらわれたのだ。人間の顔だ。真っ青で、眠《ねむ》っているように目をとじている。

デイヴィーは腰《こし》をぬかして後ろにさがると、目を見ひらいて顔を見つめた。砂《すな》がサラサラとくずれ、鼻とまゆと生気のない青白いひたいがあらわれた。砂《すな》のなかに死体が埋《う》まっている。

砂丘《さきゅう》に近づくなと言われたことを思い出し、デイヴィーはぞっとした。今、見ているのは、警告《けいこく》にしたがわなかった人間の末路なのだろうか？

なんとかもう一度近くまで這《は》っていくと、デイヴィーは魅入《みい》られたように前へ乗りだした。そんなに古いものではない。腐敗《ふはい》しているようすはない。

すると、砂《すな》のなかで目がカッとひらいた。

デイヴィーは悲鳴をあげた。

立ちあがって逃《に》げようとしたが、向きを変えたとたん、こまかい白砂《はくさ》のなかから、深い眠《ねむ》りからさめたかのように顔が三つ、四つ、次々とあらわれた。

デイヴィーは立ちつくし、ショックのあまりどうしたらいいのかわからず、ただただだださけんだ。

「父さん！　父さん！」

しかし、風がデイヴィーの言葉を奪《うば》い、砂浜《すなはま》の向こうへふわりと運び去った。足をつかまれた。ハッとして下を見ると、足元の砂《すな》から腕《うで》がつきだし、デイヴィーのすねをつかんでいる。

ふりはらおうとしたが、相手のほうが強く、さらにグイと引っぱられた。

デイヴィーが最後に見たのは、砂丘《さきゅう》の上の〈猫背岩《ねこぜいわ》〉が、霧《きり》に向かって身を乗りだすように立っているすがただった。

風が耳元で金切り声をあげている。

島の〝古老〟たちはじりじりと輪をせばめ、砂《すな》が波のようにおしよせてきた。

「葬式《そうしき》はなさいますか、先生？」マクラウドは言った。「相談できる男なら知ってます。先生がお望みなら、わしが話しに行ってきますが」

「けっこうだ」フレイザー医師《いし》は冷たく言った。「ありがたいが、必要ない。デイヴィーはエジンバラに連れて帰るのがいいだろう。あの子の母親も……」フレイザー医師《いし》は声をつまらせた。

「ええ、わかりました」マクラウドは言った。

フレイザー医師《いし》は工場長にたのんでデイヴィーの遺体《いたい》を塩でおおい、二日後に、船でエジンバラへもどる手はずを整えた。グレイフライアー墓地《ぼち》の母親の墓《はか》のとなりに葬《ほうむ》るつもりだった。

馬車が走りだすと、フレイザー医師《いし》の目はいやおうなく砂丘《さきゅう》の上に引きよせられた。

雲が流れてきて、あたりがすっぽりと暗い影に包まれた。

いっぽう、その先の海は太陽の光を浴びてまばゆく光り輝《かがや》いていた。

光を背《せ》に黒々とうかびあがった〈猫背岩《ねこぜいわ》〉は、疑問符《きもんふ》のように見えた。

思い出したくもないのに、息子《むすこ》が発見された浜辺《はまべ》の光景がまたうかんできた——。

デイヴィーの遺体《いたい》は波打ちぎわに横たわっていた。体には海草がからまって、波と砂《すな》のせいでズタズタになり、目をそむけたくなる状態《じょうたい》だった。

いったいどうしてあんな日に海で泳いだのだろう？　マクラウドが潮《しお》の流れのことを警告《けいこく》したのに、なぜわすれた？

ふいに西から冷たい風がふいてきて、フレイザー医師《いし》はえりを立てた。馬のたてがみがなびき、息子《むすこ》の棺《ひつぎ》にかけた麻布《あさぬの》がはためいた。

フレイザー医師《いし》の頭には、一刻《いっこく》も早くここをはなれることしかなかった。今や、ほかの何よりも、この島を憎《にく》んでいた。

‡

‡

‡

‡

ふたたび、物語の光景がありありと頭にうかんできた。〈猫背岩《ねこぜいわ》〉。おそろしい〝古老〟、流木のように浜《はま》に打ちあげられたデイヴィーのズタズタになった遺体《いたい》。

そしてまたもや、巨大《きょだい》な砂丘《さきゅう》の風下に、何か別のものが見えた。けれど、今度もまた、正体を見きわめる前に、すうっと見えなくなってしまった。

ぼくは前から、スコットランドの島に対してある種の偏見《へんけん》をもっていたが、女の話をきいても、それが変わることはなかった。

学校の寮《りょう》に、ちょうど物語に出てくるあたりから来た少年がいたが、うんざりするようなやつで、機会があるごとに、島の驚異《きょうい》とやらを語りたがった。この瞬間《しゅんかん》、ぼくは決して北へ旅をしたいなどと思わないぞと決意した。

「過去《かこ》が生きつづけて、現在《げんざい》に影響《えいきょう》することはあると思う？」白いドレスの女がきいた。

「ある意味では、そういうこともあると思います」ぼくは座席《ざせき》によりかかった。

「つまり、歴史というのはひじょうに重要ですから。けれど、じっさいに〝生きている〟という言い方をしていいかどうかはわかりません。つまり、悪鬼《あっき》が墓場《はかば》からよみがえって人間をつかまえるとは思えませんしね。幽霊《ゆうれい》も信じていませんし、そういった超自然的《ちょうしぜんてき》なものはいっさい信じていないんです」

「いっさい？」女はまゆをあげてききかえした。

「ええ」

女はぼくをじっと見つめた。その顔には、おもしろがっているのと疑《うたが》っているのと半々のような、不思議な表情《ひょうじょう》がうかんでいた。

ぼくはそれがひどく気にさわって、顔をしかめて女を見かえしたが、申しわけないとも思わなかった。結局のところ、この女はぼくのことをろくに知らないのだ。なのになぜ、ぼくの言うことをいちいち疑《うたが》うんだ？　ぼくは超自然的《ちょうしぜんてき》なものは信じていない。どうしてそこで話を終わらせない？

超自然的《ちょうしぜんてき》なものを信じていると言いはる人間は、イカサマ師《し》か、よくてせいぜい、だまされているか、かんちがいしているか、どっちかなのだ。

そうした出来事のほとんどは、徹底的《てっていてき》に合理的な知性《ちせい》をもってすれば、説明できる。説明できないことをこの目で見たことがあれば、あるいは考えもちがったかもしれないが、ぼくにはそういった経験《けいけん》はなかった。

いや、待てよ……ふいに、まだ幼《おさな》かったときの不思議な出来事が、おどろくほどあざやかによみがえってきた。

「どうしたの？」白いドレスの女はたずねた。

なんでもないと言おうとしたが、急に、記憶《きおく》が消えてしまう前にどうしてもだれかに話しておきたいという衝動《しょうどう》に駆《か》られた。

「ちょっと思い出したことがあるんです」ぼくは言った。「ずっとわすれていたんですが――というより、わすれたと思っていたんです」

「というと？」

「家からそんなにはなれていない川で遊んでいたんです。まだ小さくて、せいぜい五歳《さい》くらいだった。それで、足をすべらせて、川に落ちてしまったんです。すこしは泳げましたが、水は冷たくて深くて、しかもあちこち渦《うず》をまいていて、あっという間に川底に生えていた水草に足をとられてしまった。

ぼくは悲鳴をあげました。でも、いやな味のする川の水がどっと口に流れこんできただけで、よけいに葦《あし》のしげみのあいだにしずんでしまった。全力をふりしぼって岸へもどろうとしましたが、むだでした。

そのとき、たぶん近くを散歩していたんでしょうが、女の人が助けに来てくれたんです。女の人は、身を乗りだして、ぼくのほうへ手をのばしました。ぼくはその手をつかもうと、腕《うで》をのばしましたが、数十センチもないはずの女の人の指とぼくの指のあいだが、一キロにも思えた。

ぼくはまた悲鳴をあげて、ますます夢中《むちゅう》で手足を動かしましたが、女の人との距離《きょり》は広がるいっぽうでした。水と涙《なみだ》のせいで視界《しかい》がぼやけ、もう女の人の指以外何も見えなかった。

女の人は、本人が川に落ちてしまいそうになるほど身を乗りだしたけれど、それでも手はとどかない。ぼくは冷たい水のなかでバシャバシャあがきつづけました。

すべての希望がついえて、ぼくはもうだめだと思った。ぼくの救助者になるはずだったかわいそうな女の人も、ぼくがおぼれるのを目の前で見るはめになるんだ、と。

助けをよびに行く時間はありませんでした。たとえよびに行っても、だれか見つかったときにはもう、ぼくは川の底でしょう。

するととつぜん、バシャンという大きな音がして、力強い腕《うで》がぼくをつかんだかと思うと、水草から引きはがし、岸へ引っぱりあげました。ぼくはゴホゴホと咳《せき》をして、水を吐《は》きだした。父の腕《うで》のなかで。

父の横に母がいて、泣きながらぼくの名前をよんで、髪《かみ》をなでていました。

父もやっぱり泣いていました。父が泣いているのを見たのは、あれが最初で最後です。

もちろんぼくも、助かったことがうれしくて泣きじゃくっていました。

ぼくは、助けてくれようとした女の人をさがしましたが、あたりにはだれもいませんでした。

両親にもきいてみました。二人が見ていないはずがないからです。二人が来るほんのちょっと前まで、その人はいたんですから。

けれども、二人ともだれもいなかったと言いはりました。

逆《ぎゃく》にどんな人だったのかきかれて、ぼくはひどくあいまいな説明しかできないことに気づきました。女の人のすがたをはっきりと思い出そうとすればするほど、記憶《きおく》が遠のいていくんです。目がさめたあと、夢《ゆめ》を思い出そうとするときみたいに。

母は、きっとぼくの守護《しゅご》天使にちがいないと言いました。助けが来るまで、ぼくが希望を捨《す》てないようにしてくれたんだって」

「それで、あなたはどう思っているの？」白いドレスの女がきいた。

「わかりません。ずっと昔のことですから。でも、その女の人がぼくを助けてくれたことはたしかです。その女の人が川岸から手をさしのべてくれなかったら、ぼくは川の流れに身をまかせてしまったかもしれないんですから」

「それでも、超自然的《ちょうしぜんてき》なものをみとめないのね」女はにっこりして言った。

「もしかしたらただ幻《まぼろし》を見ていたのかもしれません。そうじゃなければ、両親はぼくを助けることに気をとられていて、去っていく女の人に気づかなかったとか」

白いドレスの女は手をたたいて、首を横にふった。「いつも合理的な説明をさがすのね」

「そんなに悪いことでしょうか？」

「合理的な考えが、不合理なことからいつも守ってくれるとはかぎらないのよ」

「ええ。ですが、ぼくたちが話しているのは、物語のことですよね。ウェルズ氏は火星のモンスターのことを書くかもしれませんが、だからといって、もちろん火星人が本当に存在《そんざい》するということではありません」

「存在《そんざい》しないということでもないわ」女は切りかえした。

「おっしゃる意味がわかりませんが」ぼくは顔をしかめた。

「物語の形で語られたからといって、たとえそれが伝説や神話の一部であったり、想像力《そうぞうりょく》のなせる業《わざ》だったとしても、そのなかにまったく真実がないわけではないということよ」

「ええ、そうかもしれませんが、ぼくが考えるに……」

「じゃあ、また別のお話をしましょうか？　わたしはかまわなくてよ。ほかにおもしろいことなんてなさそうだし」

客室を見まわして、寝《ね》ている乗客を見るかぎり、彼女《かのじょ》に賛成《さんせい》するほかなかった。

「そうですね。今度はどんなお話ですか？」

「あら、そんなことを言ったら、台なしになっちゃうわ」白いドレスの女はにっこりとほほえんだ。

ジェラルド

エマ・レイノルズは、母親のレイノルズ夫人の数メートル後ろから、石畳《いしだたみ》の急な坂をのろのろとのぼっていた。

今朝ふった雨のせいで石はすべりやすく、ぬれた通りは、ヘビの皮のようにてらてらと光っていた。

「エマ、早くいらっしゃい！」母親はいったん足をとめて、あからさまな失望と哀《あわ》れみのうかんだ目で娘《むすめ》を見やった。「歩くときに地面を見るのはやめなさい。見ると、いらいらするの。まっすぐな背中《せなか》には、まっすぐな魂《たましい》が宿るのよ。カートライト先生がそうおっしゃってたわ。ほら、いらっしゃい！」

エマは答えなかった。

カートライト先生というのは牧師《ぼくし》で、母親は彼《かれ》の言葉を引用するのが好きだった。もしかしたらお母さまはカートライト牧師《ぼくし》にちょっと気があるのかもしれないと、エマはひそかに思ったけれど、すぐに後ろめたくなって、笑って打ち消した。

坂の上に着くと、エマは顔を真っ赤にして、フウーとあえぐように息を吐《は》いた。おかげでまたもや、母親に責《せ》めるような目で見られた。

「そろそろ自分が年頃《としごろ》の娘《むすめ》だという自覚をもたなければいけませんよ、エマ。もっとレディらしくふるまわなければ」

「はい、お母さま」エマはうんざりして答えた。

町を歩いていくあいだ、レイノルズ夫人は会う人ごとにあいさつをしたが、エマはそれが恥《は》ずかしくてしょうがなかった。

ようやく市場に着くと、広場のまわりに建っている灰色《はいいろ》の建物やその上をおおっているくすんだ空のように陰気《いんき》な服を着た人たちのなかで、色あざやかな出店は輝《かがや》いて見えた。

エマは、市場のすみの穀物《こくもつ》取引所の外に、子どもたちが群《むら》がっているのに気づいた。おおぜいの子どもと、つきそいの大人の人垣《ひとがき》ができて、何を見ているのかわからない。わずかに赤と黄色の天幕《てんまく》がのぞいている。

エマの母親は、図書館のギルバートソンさんと、エマの知らないだれかの〝恥《は》ずべき行為《こうい》〟について話しこんでいた。

うわさ話があまりにもたいくつなので、エマは天幕《てんまく》のところへ行かせてくれるよう、母親にたのみこんだ。

許可《きょか》をもらうとすぐさま、エマは穀物《こくもつ》取引所の忍《しの》び返《がえ》し［どろぼうよけに柵の上につけるとがったもの］のある低い鉄柵《てっさく》の横に群《むら》がっている人の輪に入っていった。そしてたちまち、魔法《まほう》にかけられたように目が釘《くぎ》づけになった。

町の広場にあふれるざわめきやおしゃべりの声などあらゆるものがすうっと遠のき、エマの意識《いしき》から消えていった。そこにあったのは、人形の芝居《しばい》小屋だった。

ああ、エマはどれだけ人形芝居《しばい》を愛していただろう！

エマは人ごみをかきわけてどんどん前へ行った。

子どもがブツブツ文句《もんく》を言ったり、大人がさとすように舌《した》うちしたりするのも、気づかなかった。今や目と耳に入るのは、陰気《いんき》な灰色《はいいろ》の町で宝石《ほうせき》のようにさんぜんと輝《かがや》いている人形芝居《しばい》の小屋だけだった。

時おり荒《あ》れ野《の》のほうから冷たい風がふいてきたが、エマは何も感じなかった。あざやかな色にぬられた小さな芝居《しばい》小屋の前にいるだけで、真っ赤に燃《も》えている石炭《せきたん》の火鉢《ひばち》に当たっているように、じんと体があたたかくなってくるのだった。

ショーは期待をうわまわるすばらしさだった。

優雅《ゆうが》に動きまわる人形を見て、自分はぜったいにああはなれないとわかっているからこそ、エマはますますあこがれた。

衣装《いしょう》はこの世のものとは思えないほど美しく、きゃしゃな人形たちは、はかない南国の小鳥か目のさめるような色をした昆虫《こんちゅう》のように見えた。まるで夢《ゆめ》――そう、美しくすばらしい夢《ゆめ》のようだった。

母親は何度かエマを引っぱりだそうとしたが、馬車馬でも連れてこないかぎり、娘《むすめ》をここから引きはなすのは無理そうだった。

小柄《こがら》で、どちらかというとひょろっとした体型のレイノルズ夫人は、十分後にもどってくるから、そのときは、くだらないショーで何をやっていようと帰るのよ、と言いわたした。

しかし、エマはきいてもいなかった。目の前で美しい道化《どうけ》の人形が踊《おど》ったりはねたり、つま先でまわったり、ジャンプしたり、おじぎしたり、くるっと回転したりしているのに、母親の話なんて耳に入るわけがない。

レイノルズ夫人はため息をついて、娘《むすめ》が夢中《むちゅう》になっているあいだにさっさと用事をすませようと、市場へ行ってしまった。

エマはすっかり人形芝居《しばい》に酔《よ》いしれていた。

音楽はいったんとまって、人形たちがしゃべっていた。でも、エマは話のすじに興味《きょうみ》はなかった。

人形使いはバカみたいな声を出すのをやめてくれればいいのに。あまりにひどい声なので、まわりの子どもたちはゲラゲラ笑いころげていたけれど、エマはちっともおもしろいと思わなかった。むしろ、人形使いがバカ笑いや下品な笑いをとろうとすることに腹《はら》が立った。見たいのは、美しい人形がくるくるまわって踊《おど》っているところだけなのに。

しばらくしてレイノルズ夫人はもどってきたが、たまたま同時にショーも終わった。終わる前に帰ると言えば、エマが大さわぎするのはわかりきっていたので、夫人はホッとした。どうしてこんな強情《ごうじょう》な娘《むすめ》が生まれたのか、自分でも不思議だった。

エマは何も言わず、おとなしくその場をはなれた。

幕《まく》がおりたとき、エマは深い悲しみに襲《おそ》われた。自分のまわりの世界に、町の灰色《はいいろ》がじわじわともどってきたようだった。その場に残って、人形使いが人形たちをしまっているのを見れば、ますます悲しくなるだけだ。人形たちのことは、ショーに出ていたすがたで記憶《きおく》しておきたかった。

エマは母親について、のろのろ足を引きずるように歩いていった。

母親は、急いで道の向こうのマダム・クローデットの帽子《ぼうし》とリボンのお店へ行きたがっていた。いとこの結婚式《けっこんしき》があるから、二人とも新しい帽子《ぼうし》がいるのだ。

エマは最後にもう一度芝居《しばい》小屋を見ようとふりかえったひょうしに、だれかにぶつかってしまった。

「ごめんなさい」エマはあやまった。

ぶつかったのは、エマと同じ年くらいの少年だった。その子は返事をしなかった。ぽかんとエマを見ているようすが変なので、エマは最初、自分が何か男の子をおどろかせるようなことをしてしまったのかと思った。

少年のうつろな顔にはどこかぞっとするものがあった。目は薄《うす》いグレーで縁《ふち》が赤く、その奥《おく》にあるはずの命や魂《たましい》の存在《そんざい》を感じられない。そのせいか、その少年を知っていることに気づくまで、しばらくかかった。

少年はジェラルドといった。けれども、教会のバザーでエマに興味《きょうみ》をしめしてくれたあの男の子と、この哀《あわ》れな少年が同一人物だとは信じられない。

ジェラルドはエマと同じでかなりぽっちゃりしていたけれど、顔立ちは整っていた。きれいな顔のせいで、今の状態《じょうたい》がよけい気の毒に見える。

ジェラルドはエマのほうに手をのばし、口をあけて、ウウウとうめいた。

エマがヒッと悲鳴をあげてあとずさりしたので、母親も気づいてふりかえった。

「前をよく見て歩いてちょうだい」右側から声がした。

エマがそちらを見ると、いかにもこわそうな女の人が立っていた。

巨大《きょだい》なクモを思わせる気味の悪い羽根飾《はねかざ》りのついた大きな帽子《ぼうし》をかぶっている。

「かわいそうに、もうすこしでジェラルドが転ぶところだったじゃないの。なんてまぬけな娘《むすめ》なんでしょう」

「うちの娘《むすめ》にそういう口をきかないでいただけます!?」エマの母親が割《わ》って入った。

レイノルズ夫人は体はきゃしゃかもしれないが、自分の考えをはっきり言えないようなひかえめなタイプではなかった。自分の意見をのべるときは、ひいき目に見ても金切り声としか表現《ひょうげん》しようのない声でまくしたてた。

「あなたの娘《むすめ》が不注意なのよ！」ジェラルドの母親は言った。

「ジャガイモの袋《ふくろ》みたいに道の真ん中につっ立ってたら、ぶつかられたってしょうがないでしょ!?」レイノルズ夫人は言いかえした。

ジェラルドの母親はムッとして鼻の穴《あな》を広げ、息子《むすこ》の手をつかむと、行ってしまった。

「まったく、なんでしょう」レイノルズ夫人は腹《はら》だたしげに言った。

「とんでもないわねえ！」ちょうど店から出てきて、口論《こうろん》を目撃《もくげき》した花屋のティンプソングリーン夫人も言った。「だけど、キリスト教徒として、あの子のことはかわいそうだと思ってやらないと」

「ええ、そうですわね」ティンプソングリーン夫人のことをとても高く買っているレイノルズ夫人は言った。「キリスト教徒としてね」

そして、ティンプソングリーン夫人に近づくと、いわくありげに頭をかたむけた。

「あの子……どうやら本当にとつぜんの出来事だったらしいわ」レイノルズ夫人はささやき声で言った。

「知ってるわ。お医者さまたちも首をかしげたそうよ。先月もハロゲットで同じような症例《しょうれい》があったんですって」

母親はさらにティンプソングリーン夫人に近づき、声もますます小さくしてしまったので、エマにはもう何もきこえなかった。

エマは、ジェラルドと母親が人ごみにまぎれて見えなくなるのをずっと見ていたが、ジェラルドは最後に、ふりかえってもう一度エマをじっと見た。

ああ、あの目で見られるとなんだか不安になる……あんなふうにじっと見ているのに、目に生命も知性《ちせい》も感じられない。店のショーウィンドウのマネキンが、彫《ほ》りの深い空っぽの頭をじりじりとめぐらせて、追ってくるみたい。二度とあのぞっとする顔を見ることがありませんように、とエマは心から祈《いの》った。

エマと母親は、しばらくマダム・クローデットのお店ですごした。大好きな店でかわいらしいものに囲まれているうちに、それらが薬のような効《き》き目《め》をもたらし、だんだんと気持ちも落ちついてきた。

リボンを見てから便箋《びんせん》を買い、それから郵便局《ゆうびんきょく》へ行ったが、カナダに住んでいるおばに手紙を送るために三十分も列にならんで、死ぬほどたいくつした。

帰りにまた市場を通った。

芝居《しばい》小屋はもうしめられ、帰りじたくをしていた。

ほかにも店じまいにとりかかった屋台の主人たちがたたき値《ね》をさけんだり、あつかましい態度《たいど》で接《せっ》してくるので、エマの母親は苦々しげな顔をしていた。

角を曲がってポンド通りへ入り、家へ続く坂をくだりはじめたところで、またもやジェラルドと出くわした。

ジェラルドは、母親の腕《うで》をぐいぐい引っぱって、道の向こうの縁石《えんせき》の上からエマへ向かって手をふりまわし、なにやらウーウーとうなった。

生気のない目でエマを見つめ、腕《うで》をふりまわしているジェラルドを見ていると、ひどく不安をかきたてられた。あのままよたよたと馬車道をわたってきて、エマに襲《おそ》いかかろうとしているようにしか見えない。

エマは足を速め、ジェラルドの視線《しせん》を避《さ》けて市場のほうをふりかえった。なぜかそのせいで、ジェラルドはますますいきりたった。そして、母親の腕《うで》をふりほどき、よろめきながらエマへ近づいてきた。

エマはパニックを起こし、足をすべらして転んでしまった。

立ちあがろうとしたときには、ジェラルドはすでに目の前にいて、片手《かたて》でエマの髪《かみ》をつかむと、ふりまわして、もう片方《かたほう》の手で髪《かみ》を指さした。

エマの母親が割《わ》って入り、ジェラルドのほほを思いきり引っぱたいた。

ところが、ジェラルドは悲鳴をあげるどころか、エマの母親のほうを見もせずに、だまってエマをじっと見つめたあと、ふいにおそろしいさけび声をあげた。

ジェラルドの母親が走ってきた。「よくもうちの子をなぐったわね！　警察《けいさつ》をよんでやる」

「どうぞよんでちょうだい！　お宅《たく》の頭のおかしい子がうちの娘《むすめ》を殺そうとしたことを話しますから」

ジェラルドの母親はレイノルズ夫人をにらみつけた。その顔には、ようやく自分の相手がだれだか気づいたような、苦々しいあきらめの表情《ひょうじょう》がうかんでいた。

エマは泣きじゃくりながら、家へ帰りたいと訴《うった》えた。

「まったく、どうしてこんな子が外を歩くことをゆるされているのかしら!?　本当に信じられない！」エマの母親は言った。

「よくもそんなひどいことを……。この子には悪気はないのよ。あなたの娘《むすめ》が、何かしてうちの子をおこらせたんでしょ？　今までこんなことをしたことはないんですから」

「うちの娘《むすめ》は何もしてませんよ」エマの母親は長い鼻をくいっとくもり空に向けた。「エマ、行きましょう。乱暴者《らんぼうもの》がまた逃《に》げだして、襲《おそ》ってきたらたまらないからね！」


ぞっとするような役立たずになってしまったジェラルドと会ったショックで、エマはどうやっても人形芝居《しばい》のすばらしさを思い出せなくなってしまった。

これからあの美しさを思いうかべて単調な毎日をすこしでも明るくしようと思っていたのに、あんな子のせいで台なしになるなんて……。あの子が悪いわけではない、責《せ》めるなんてまちがっている。それはわかっていたけれど、それでもやはり、ジェラルドをうらまずにはいられなかった。

しかも、夕食の席で、母親が今日の出来事をまた最初からすべて話すのを、エマはがまんしてきいていなければならなかった。

母親が派手《はで》な身ぶりをまじえて話している横で、父親はいつものとおり、綿花《めんか》の値段《ねだん》以外にはなんの関心もないことをかくす努力さえせずにすわっていた。

エマはあたたかい牛乳《ぎゅうにゅう》を一杯《いっぱい》もらい、早目に寝《ね》かされた。母親が、〝あのおそろしい乱暴者《らんぼうもの》〟に襲《おそ》われたショックで心に深い傷《きず》を負ったにちがいないと言いはったからだ。

ふだんなら、よけいなお世話だと反抗《はんこう》するところだが、今回にかぎっては、エマも母親の主張《しゅちょう》にも一理あると思った。なので、喜んでぬくぬくとしたベッドと、何もかもわすれさせてくれる眠《ねむ》りに身をゆだねた。

にもかかわらず、平和な眠《ねむ》りはおとずれなかった。頭のなかは、ジェラルドの――というより、かつてすこしだけ知っていた少年の奇妙《きみょう》なぬけ殻《がら》の――思い出したくもない記憶《きおく》にすっかりおかされていた。

今ではわすれたいけれど、あのころ、エマはジェラルドにほのかな好意をよせていたのだ。

おそろしい悪夢《あくむ》でよくあるように、エマの夢《ゆめ》も現実《げんじつ》と非現実《ひげんじつ》の世界が不気味にまざりあっていた。夢《ゆめ》のなかでも、エマは、今眠《ねむ》っている自分の部屋にいた。けれども、夢《ゆめ》のなかのエマは、家のどこからかきこえる奇妙《きみょう》な音で目をさました。一階の廊下《ろうか》から、玄関《げんかん》のドアがバタンとあいて、またしまる音がした。

それから、廊下《ろうか》を引きずるような足音がきこえてきた。

夢《ゆめ》でよくあるように、エマはなぜか、それがジェラルドだとはっきりわかった。踊《おど》り場《ば》へ走り出て、手すりから身を乗りだして下を見ると、ジェラルドが玄関《げんかん》ホールに立っていた。ドアを背《せ》にして、あのおそろしい生気のないグレーの目でエマをじっと見あげている。

エマは悲鳴をあげようとしたが、声が出てこない。肺《はい》が痛《いた》くなるまで、声なき悲鳴をあげつづけた。

すると、いきなりジェラルドが動きだしたので、さっきまでじっとしていたぶん、よけいにぎょっとした。ジェラルドは足を引きずりながら階段《かいだん》をあがりはじめた。

エマはこおりついたように、少年がのろのろとぶざまなすがたでのぼってくるのをふるえながら見ていた。

ジェラルドが階段《かいだん》をのぼりきって、よろめきながらこちらへ向かってくるとようやく、エマはなんとか足を床《ゆか》から引きはがすようにして部屋にかけもどり、ドアをバタンとしめた。

夢《ゆめ》だというのはわかっていた。だが、これは夢《ゆめ》だと何度も言いきかせているあいだも、足音はどんどん近づいてくる。

そして、次の瞬間《しゅんかん》、ドアの取っ手がガチャガチャ鳴った。

エマはとびおきた。まだ頭がクラクラしている。現実《げんじつ》と想像《そうぞう》の世界が見わけがつかないほどまざりあって、夢《ゆめ》からさめてまた別の夢《ゆめ》を見ているだけのような気がした。ひたいに玉のような汗《あせ》がふきでている。

また、足音がきこえてきた。小さな急いでいるような足音だ。

あまりに小さな足音なので、最初はかなりはなれているように感じた。でも、そうではなかった。それどころか、足音は部屋のなかからきこえている！　そう、部屋のなかだ。まちがいない。

意識《いしき》は、さっきの悪夢《あくむ》でグチャグチャになった状態《じょうたい》からなんとかのがれようとしていた。

エマは必死になって、音の出所をつきとめようとした。じょじょに目が闇《やみ》に慣《な》れてきた。

気がつくと、足音はきこえなくなっていた。

とつぜん、ガシャンという音がして、エマはベッドへ逃《に》げもどった。毛布《もうふ》を頭からかぶり、壁《かべ》に体をおしつける。

何か目に見えないものが、鏡台の上にあった花びんをたおしたのだ。

今、それはカーテンの後ろにいる。動きに合わせて、厚《あつ》い生地《きじ》がふくらんで、ゆれ動いた。

と、いきなりカーテンがグイと引っぱられた。カーテンを伝ってのぼりはじめたらしい。暗い影《かげ》が窓枠《まどわく》をさっとまたぎ、ひらいた窓《まど》から外へ出ていった。

まちがいなく行ってしまったと思えるまで待ってから、エマは急いで駆《か》けよって窓《まど》をしめた。またもどってくるかもしれない。

真夏の夜空は雲でおおわれ、月はかくれていたが、なかなか立ち去ろうとしない昼の光の名残《なごり》が空をぼんやりと照らしている。

さめた青白い光のなかを、何かが走っていくのがちらりと見えた。一瞬《いっしゅん》だったが、不思議とどこかで見たことがあるような気がした。

カーテンをしめようと前へふみだしたとき、つま先に何か鋭《するど》いものが当たった。かがんで見ると、床《ゆか》にハサミが落ちていた。ハサミだけではない。

床《ゆか》と窓枠《まどわく》の上に、髪《かみ》の毛《け》の束がちらばっていた。最初は、部屋に入ってきた動物か何かの毛かと思ったが、よく見ると、自分の髪《かみ》の毛《け》だった。かなりの量が切りとられている。

とたんに、うめき声をあげているジェラルドと、髪《かみ》の毛《け》に向かって手がのびてくる光景がよみがえった。魂《たましい》のない顔にうかんだぞっとするほどうつろな表情《ひょうじょう》がエマの頭をよぎった。

エマは口をあけた。今度こそ、まぎれもない悲鳴がとびだし、すぐさま父親が部屋へ駆《か》けつけた。しかし、目をつぶっていたエマはそれにも気づかず、いつまでも悲鳴をあげつづけた。

しまいには、父親はかなり強く娘《むすめ》のほほを引っぱたかなければならなかった。

エマの両親は何時間もかけてようやくエマを落ちつかせ、エマはすっかり疲《つか》れきって眠《ねむ》りに落ちた。

翌日《よくじつ》、父親は精《せい》いっぱい論理的《ろんりてき》な説得をこころみた。ジェラルドのような少年、つまりかわいそうなほど鈍《にぶ》くて不器用な少年が、エマの部屋まであがってくるなど不可能《ふかのう》だ。そもそも、自分の家から逃《に》げだして、エマの家まで一キロ近く歩いてくるだけの才覚がなければならないのだ。

さらに、エマの部屋の窓《まど》はごく小さなものだから、ジェラルドのような体格《たいかく》の少年が通りぬけることはできない。

つまり、エマはこわい夢《ゆめ》を見て、そのせいで眠《ねむ》りながら歩きまわったのにちがいない。そして、どこかでハサミを見つけて、自分の髪《かみ》を切ったのだ。「ケガをしなかっただけでもありがたく思わなければ」と両親は言った。

エマは、すぐにはその説を受けいれられなかったけれど、結局は、ほかに説明しようがないと思うようになった。

それでも、その夜、寝《ね》る前に、窓《まど》がしっかりしまっていることを確認《かくにん》せずにはいられなかった。母親も、大事をとって、部屋にあったハサミをかたづけた。

レイノルズ夫人が、そろそろ町へ連れていけるくらい娘《むすめ》が回復《かいふく》したと思えるようになったのは、数日たってからだった。あのおぞましい少年と母親にばったり出くわす危険《きけん》はあったけれど、だからといって避《さ》けてばかりもいられない。あまり長いあいだ、町に行かないでいると、こちらのほうがまちがったことをしたように思われる。レイノルズ夫人は、人のうわさというのがどういうものか、わかっていた。とてもよく、わかっていたのだ。

エマは出かけるのをいやがって、なんとか行かずにすませようとおなかが痛《いた》いふりまでしたが、永遠《えいえん》に家のなかにとじこもっているわけにはいかないのは、わかっていた。

マダム・クローデットのリボン屋へ行けるという誘惑《ゆうわく》と、もしかしたらまた広場で人形芝居《しばい》を見られるかもしれないという思いで、ようやく恐怖《きょうふ》をのみこんだ。けれども、リボン屋はこみあっていた。新しい帽子《ぼうし》にぴったりのきれいなピンク色のリボンを見るひまもなく、母親はぷりぷりして娘《むすめ》を外へ引っぱりだした。

そのうえ、市場にはあらゆる店や屋台が軒《のき》をつらねていたのに、エマがあれほど恋《こい》こがれていた人形芝居《しばい》の小屋だけは見あたらなかった。

そして、みじめなエマの心にとどめをさすように、薬局から出ると、道の向こうの歩道にジェラルドが立っていた。

エマは思わずあとずさりして、カートライト牧師《ぼくし》にぶつかってしまった。牧師《ぼくし》は帽子《ぼうし》をとってあやまったが、エマの母親が立ち話をしようとしても、急いでいるらしく行ってしまった。

そうこうしているあいだに、ジェラルドは道をわたってエマのほうへ近づいてきた。

エマは父親から、次にジェラルドに会ったときのことや、そうなったときのふるまい方について、さんざんきかされていた。夢《ゆめ》に出てきた少年と、自分が何をやっているのかわかっていないかわいそうな少年をいっしょにしてはいけない。エマがうろたえなければ、ジェラルドも興味《きょうみ》を失うにちがいない。

ところが、じっさい目の前にジェラルドが立って、自分の髪《かみ》のほうへ手をのばしてくるのを見ると、言われたとおりにするのはそうかんたんではなかった。想《そう》像《ぞう》していたよりむずかしかったし、それを言うなら、想像《そうぞう》の時点でも、かなりむずかしかったのだ。

死んだような目をした顔は、記憶《きおく》にあるよりおそろしかった。色のぬけたような目の下にできた黒いくまのせいで、はれたまぶたからのぞいているにごった白目がよけいに目立っている。かつて光が宿っていたときはあんなにきれいだったグレーの瞳《ひとみ》も、今は、何も映《うつ》っていないようだ。

「なんなの？」エマはすすり泣いた。「どうしてわたしのことを見るの？　どうしてついてくるの？」

母親が耳元でささやいた。「エマ！　落ちついて。具合がよくなかったのはわかるけど、すこしはがまんしなさい。一種の強迫《きょうはく》観念になってるのよ。考えるのをやめなさい。この子はまともじゃないのよ。しかたないの。無視《むし》できるようにならなければ」

「そのまともじゃないとおっしゃる子は、うちの息子《むすこ》ですけど」ジェラルドの母親がぬっと横にあらわれ、冷ややかに言うと、エマをバカにしたように見やった。

「ええ、そのあなたの息子《むすこ》が、うちの娘《むすめ》をこわがらせているのよ」相手の敵意《てきい》に満ちた口調に負けじと、レイノルズ夫人も身がまえた。

「奥《おく》さま、うちの息子《むすこ》は何もしてませんわよ。失礼なことをしたり、手を出したりしたわけではないでしょう?」

「こういった人の多い場所には連れていらっしゃらないほうがいいんじゃありません?」エマの母親はくちびるをとがらせて言った。

ふいにジェラルドがガクンとエマのほうへよろけたので、エマは耐《た》えきれずにくるりと背《せ》を向けて逃《に》げだした。

母親が後ろからよびとめるのがきこえたが、エマは、そのままやみくもに人ごみのなかをつっ切って走っていった。

人ごみをぬけると、石畳《いしだたみ》の暗い路地に出た。

片側《かたがわ》に、大きな倉庫がそびえるように立ちならび、反対側は高い塀《へい》が続いている。人がいる気配はないが、華《はな》やかな色の荷馬車が見える。それが、あの人形芝《しば》居《い》の荷馬車だと気づくまで、すこし時間がかかった。

「さてさて」人形使いが笑《え》みをうかべて、荷馬車の横からすがたをあらわした。

「そこにいるのは、どなたかな？」

エマはつねづね、知らない人と話してはいけませんと言われてきたし、ふだんなら、口ひげを蠟《ろう》でかため、けばけばしい化粧《けしょう》をした奇妙《きみょう》な小男には近づかなかっただろう。だが、今回にかぎっては、追ってくるジェラルドと小男をくらべた場合、この男のほうがはるかに害がないように思えた。

「お願いです。男の子が。男の子が追いかけてくるんです」エマは言った。

人形使いはまゆを上下させてニヤッと笑い、指先で鼻の横をたたいた。

「ははーん。真《まこと》の恋路《こいじ》というやつですな」

エマは赤くなって、顔をしかめた。「ちがうわ。そんなんじゃないんです」

「まあまあ」人形使いは言った。「お嬢《じょう》さんをかくまってさしあげましょう。なあ、おまえたち？」

人形使いが荷馬車の奥《おく》にいる人形たちに話しかけているのだと気づくのに、数秒かかった。

荷馬車の枠《わく》にぶらさがっている人形たちは、どことなく哀《あわ》れに見えた。

「初めまして、お嬢《じょう》さん」人形使いはおじぎをした。「お知りあいになれて、光栄ですよ」

「こんにちは」エマは答えて、不安げに後ろを見た。「このあいだ、ショーを見たんです」

「本当に？　どうでしたか？」

「すばらしかったです。わたし、人形が大好きなんです。衣装《いしょう》や、踊《おど》りも。何もかも本当にすてき」

「ほう、そうですか？」人形使いは手をたたいた。「それはよかった。じつによかった」

エマはにっこりした。人形使いは心から喜んでいるようだったからだ。

「さてと」人形使いは後ろを向いて、荷馬車のなかをゴソゴソ引っかきまわした。

「そんなに人形芝居《しばい》がお好きなら、お嬢《じょう》さんが興味《きょうみ》をもちそうなものがあるんですよ」

そして、あちこちさがすと、小さな声をあげ、人形をかかえてふりかえった。

「まあ、なんてきれいな人形なの！」エマは息をのんだ。

「ちょっとお嬢《じょう》さんに似《に》ていませんか？」人形使いは片方《かたほう》のまゆをくいっとあげた。

たしかにそのとおりだった。人形はすこしエマに似《に》ていた。というより、かなり似《に》ている。着ているドレスも似《に》ているし、はいている靴《くつ》も、エマが母親にせがんで買ってもらったものと瓜二《うりふた》つだ。とくに髪《かみ》の毛《け》はそっくりだ。

「これって本物の髪《かみ》？」

エマはきいたが、そのとき、人形使いがもう一つ、別の人形をもっているのに気づいた。そちらの人形にも、見おぼえがあった。

その人形は、ジェラルドをそのまま小さくしたみたいに、どこもかしこもそっくりだった。ただ不思議なことに、人形のほうが、本物よりも生き生きして見える。顔なんて、まるで生きているみたいだ。

「お嬢《じょう》さんのためにダンスを」人形使いが言った。

すると、おどろいたことに、ジェラルドにそっくりな人形と、荷馬車の枠《わく》にぶらさがっていた人形たちが、ゆっくりと踊《おど》りはじめた。

「ほらほら、それがダンスかね?」人形使いは、おこった声で言った。「ほら、ちゃんと踊《おど》って!」

それに応《こた》えるように、人形たちは動きを速め、あちこちぴょんぴょんはねまわった。

「どうやっているんですか?」エマはひょこひょこはねている人形たちを見て笑いながらきいた。

人形使いはふたたび鼻の横をポンポンとたたくと、ウィンクした。

「今、秘密《ひみつ》をすべてお話しするわけにはいきませんよ。さて、道化《どうけ》をごらんになりますか？」

そして、エマの返事を待たずに、道化《どうけ》の人形をエマにわたした。

エマは息をのんだ。なんてみごとな造《つく》り！

すると、人形が動いた。頭をくるりとまわして、エマを見たのだ。

エマは熱いものでもさわったみたいに、人形を落とした。

人形使いはケラケラ笑った。

きっとこれも、うまくできたトリックなんだわ、とエマは考えた。いったいどうやってるんだろう？

そう考えているうちに、道化《どうけ》の人形は小さな足で立ちあがり、人形使いのほうへ歩いてもどっていった。

エマはふいにめまいを感じた。

そうだ。あのとき見たのは、これだ。夢《ゆめ》を見た夜、芝生《しばふ》を走っていくすがたを見て、どこか見おぼえがあるような気がしたのだ。そう、この道化《どうけ》の人形がエマの部屋に入り、髪《かみ》を切って、もっていったのだ。この人形使いの男のところへ。エマの髪《かみ》の毛《け》を使って、エマの人形をつくれるように。でも、なぜ？

にわかに落ちていくような感覚にとらわれ、エマは息ができなくなって、たおれこんだ。アザミの冠毛《かんもう》のように、あたたかい夏の風にふわふわと運ばれていくような気がした。

そして次の瞬間《しゅんかん》、エマは後ろにいる自分を見ていた。ふりかえりながら、足の下で荷馬車がガタガタとゆれているのを感じた。後ろに見えているのは、魂《たましい》のぬけた少女のすがただった。かつてはエマだった、けれど今は、血と骨《ほね》と青白いしおれた肉体だけの少女が、路地にぽつんと立っている。

エマの残りの部分は、荷馬車の枠《わく》にぶらさがってゆらりゆらりとゆれていた。横を見ると、ジェラルドの人形がいた。

かつてジェラルドだった少年はなんとかして自分に警告《けいこく》しようとしていたのだ。気づいたときは、もうおそかった。彼《かれ》は、夢《ゆめ》にまであらわれて、人形芝居《しばい》に近づかないよう警告《けいこく》し、彼《かれ》と同じ運命から遠ざけようとしてくれたのに。だが、むだだった。

「さあ、行くぞ、わしのかわい子ちゃんたち」人形使いが言った。「いっしょに遊ぶ新しい子どもをさがしに行こう」

そう言うと、人形使いは手綱《たづな》をさっとふった。

荷馬車は速度をあげ、石畳《いしだたみ》の路地をガタガタと走っていった。

✣　✣　✣　✣

まるでぼくの生命力もいっしょに奪《うば》い去《さ》られてしまったようだった。ふわふわと運ばれていくような感覚にとらわれ、白いドレスの女がしゃべっている声はきこえるのだが、その声が、前にも増《ま》してこの世のものとは思えない響《ひび》きをたたえているように思えた。

「人形劇《にんぎょうげき》は好き?」そう、女は言っていた。「小さいころは好きでした」ぼくは、いずまいを正しながら言った。「芝居小屋《しばい》を見かけるたびに、走って見に行っていました。無理やり引っぱられないと帰らなくて。いつも夢中《むちゅう》になって見ていました」

「エマみたいね」白いドレスの女はにっこりした。

「ええ、そうかもしれません」不幸な少女とむすびつけられるのに、多少違和感《いわかん》をおぼえつつも、ぼくは言った。「そういえばあのころ、ちょっと人形がこわかったような気がします」人形たちの絵の具で描《か》かれた小さな顔を見ていると、ぞくぞくするような奇妙《きみょう》な恐怖《きょうふ》がわきあがってきたことを思い出して、ぼくはつけくわえた。

すると、とつぜん稲妻《いなずま》のように、荷馬車に何体もの人形がぶらさがっている光景が頭をよぎった。荷馬車がガタガタと走り去っていく音まできこえるような気がして、ぼくはまたもや、視界《しかい》のすぐ外に何か別のものがいるのをはっきりと感じた。

いるのはわかるが、どうしても目で捕《と》らえることはできないものが……。それが、人形使いよりももっとおそろしいものだということだけは、はっきりとわかった。

「じゃあ、本物のお芝居《しばい》はどう？」白いドレスの女はきいた。「本物の人間の役者が演《えん》じるのは？」

ぼくは、荷馬車の幻影《げんえい》からのがれられてホッとした。すると、ふいに昔のおかしな出来事が思い出されて、顔が真っ赤になり、酔《よ》っぱらいみたいにぶんぶんと首をふった。

白いドレスの女は、問いかけるように片方《かたほう》のまゆをあげた。

ぼくは照れ笑いをうかべて答えた。

「前の学校のとき、土曜日に何人かでロンドンまで行って、音楽ホールへ入ったんです。それが、おもしろくておもしろくて。男が水槽《すいそう》から脱出《だっしゅつ》したり、犬が国歌を歌ったりしたんです」

「楽しそうね」

「なかには、ご婦人《ふじん》はショックを受けてしまうようなジョークもありましたよ」

白いドレスの女はにっこりした。

「ある女性《じょせい》が出てきたんですが……」ぼくは言いかけたが、どうやっても、その女性《じょせい》がしたことを上品に説明することはできないのに気づいて決まり悪くなり、寝《ね》ている司教をちらりと見て、手をこすりあわせた。

「本物の演劇《えんげき》はどう？　エイボンの詩人、シェイクスピアの芝居《しばい》は？」

「意見を言えるほどたくさん観《み》たとは言えません。父に一度、『マクベス』に連れていってもらいましたが、あれはとてもおもしろかった」

「ああ、『マクベス』ね。とてもいい芝居《しばい》だわ。どうしてそんなに気に入ったのかしら？」

その言葉がぼくの耳にとどくまでに、おそろしく長い時間がかかったような気がした。まるでぼくたちのあいだに、数十センチの床《ゆか》ではなく、渓谷《けいこく》が横たわっているみたいだ。空気がかたまって、全員ゼリーのなかにとじこめられてしまったように。

ぼくは残っている全意識《いしき》を白いドレスの女に集中させて、なんとか頭を働かせ考えをまとめようとした。

「そうですね、たぶん魔女《まじょ》や予言の話が好きなんだと思います。さっきは、合理的なものが好きなんだろうと言われましたけどね。とくにおどろおどろしい話は大好きなんです。ほら、『マクベス』には血やら人殺しやら幽霊《ゆうれい》やらがたくさん出てくるでしょう？」

「ええ、そうね」

ぼくは一瞬《いっしゅん》、目をとじたが、またもや落ちていくようなおそろしい感覚に襲《おそ》われて、すぐにあけた。

「それにもちろん、歴史にかんする話には興味《きょうみ》がありますし」ぼくは続けた。「騎士《きし》や戦士の出てくる物語は大好きです。時代をさかのぼって、当時のようすをこの目で見ることができたら、すばらしいだろうなあ！」

「あら、そう？」白いドレスの女は、まったく関心がなさそうに言った。女性《じょせい》というのは、おおむねそうしたことに興味《きょうみ》がないようだ。それも、いっしょにいておもしろくない理由の一つだ。

「そりゃそうですよ。ヘースティングの戦いやトロイ戦争を目《ま》の当たりにできたら、すばらしいと思いませんか？　どんなに興奮《こうふん》するだろう！」

白いドレスの女は、どこか哀《あわ》れむような目つきでぼくを見た。

「戦場は、あなたが思っているほどわくわくするようなところじゃないわ」

女の言い方には、戦争の体験がある者にしかそなわらないような不思議な説得力があった。

ぼくはひらめいた。「もしや、看護婦《かんごふ》なのでは？」ぼくは、数学の超難問《ちょうなんもん》を解《と》いた大学教授《きょうじゅ》みたいに人さし指をつきだして、左右にふった。

白いドレスの女は首をかしげて、ほほえんだ。

それから、一瞬《いっしゅん》、間《ま》をおいて答えた。「いいえ。そうじゃないわ。たしかに病人のところへよばれることは多いけれど。病人のほうも、わたしが行くことでホッとすることもあるはずよ――そうであるよう願っているわ」

白いドレスの女は腕時計《うでどけい》を見た。

「何時ですか？」ぼくはきいた。

「あなたにもう一つ、お話があるの」女は言った。「ききたい？」

ぼくは質問《しつもん》を無視《むし》されたことにムッとしたが、女の視線《しせん》に耐《た》えかねて、ため息をついてうなずいた。正直に言って、疲《つか》れてことわる気力もなかったのだ。

「よかったわ」白いドレスの女は、両手の指の先を合わせながら言った。

「修道女《しゅうどうじょ》の物語なの」

「修道女《しゅうどうじょ》の？」

「ええ」女は楽しそうに言った。「名前は……いいえ、名前はすぐにわかるわ。始めましょう」

# シスター・ヴェロニカ

シスター・ヴェロニカは、ひたいにうきでた玉のような汗《あせ》を手の甲《こう》でぬぐった。鼻から深く息を吸《す》いこむと、鼻の穴《あな》がぐっとふくらんだ。心を落ちつけて、白い歯を見せて、こぼれるような笑《え》みをうかべる。女子修道院長《しゅうどういんちょう》が、暗黒のときすらあたりを照らすと言った笑顔《えがお》だ。

「バカな娘《むすめ》ね。好きなだけさけびなさい。ここの古い壁《かべ》はおそろしく厚《あつ》いし、町は遠いからね。だれにもきこえないでしょうけれど。まあ、きこえたとしても、気にかけないでしょうしね」

シスター・ヴェロニカは、ハシバミの枝《えだ》のムチを右肩《みぎかた》の上にかかげ、ふりおろした。ヒュッとかん高い音を立ててムチがしなり、少女のむきだしの脚《あし》を打った。ピシリと鋭《するど》い音が響《ひび》いた。

少女は痛《いた》みでヒィと悲鳴をあげた。

シスター・ヴェロニカはくちびるをすぼめると、ふたたびムチをふりあげ、打ちおろした。ヒュッ。ピシリ。ヒィ。

シスター・ヴェロニカはめまいを感じて目をとじ、動悸《どうき》がおさまるのを待った。

少女は、指が白くなるほどぎゅっとテーブルのはしをつかみ、のばした腕《うで》に顔をおしつけて、すすり泣いている。

じょじょにシスター・ヴェロニカは意識《いしき》をとりもどした。

「いいですか」いつもの頭痛《ずつう》が襲《おそ》ってきた。「わたしたちはみな、聖人《せいじん》に近づくよう努力しなければなりません。気品と威厳《いげん》をもって試練に耐《た》えねばならないのです」

少女は痛《いた》みに顔をしかめてテーブルからズルズルとおりると、残ったわずかな力をふりしぼって、まわりで見ていた少女たちのところへもどった。

「もちろん、尊《とうと》い聖人《せいじん》が台所から食べ物を盗《ぬす》んでつかまるなんてことはないでしようけど。ねえ？」

シスター・ヴェロニカは自分の冗談《じょうだん》に笑ってみせたが、笑《え》みはすぐに消えた。ほかに笑う者がいなかったからだ。

聖人《せいじん》たちがいかにりっぱに試練に耐《た》えたかというシスター・ヴェロニカの話を、少女たちはこれまで何度も――そう、数えきれないほど、きかされていた。そうした話を、シスター・ヴェロニカは白い歯をのぞかせてほほえみながら――そして、ムチの罰《ばつ》を加えながら、するのだった。

「さあ、子どもたち」シスター・ヴェロニカは言った。

とはいえ、シスター・ヴェロニカ自身、まだ、子どもといってもいいような年《ねん》齢《れい》だった。ほんの数年前まで、少女たちの側にいたのだから。

「あなた方はみな、クリスティーンが盗《ぬす》みの罪《つみ》をおかしたのを知っていたのに、報告《ほうこく》しませんでした。ですから、全員、今年の村の祭に行くのを禁止《きんし》します」

音楽ホールで観客を相手にする興行師《こうぎょうし》のように、シスター・ヴェロニカはわざと間《ま》をおいて、うめき声があがるのを待ったが、少女たちはしんと静まりかえっていた。

「そのかわり、あなた方のその卑《いや》しい心を入れかえることができるかどうか、やってみましょう。今日はこの時間を使って、芸術《げいじゅつ》について学ぼうと思います。神が、創造物《そうぞうぶつ》のなかで唯一《ゆいいつ》人間だけにおあたえになった才能《さいのう》ですから、天国の栄光のかすかな輝《かがや》きだけでも知ることができるかもしれません」

あいかわらず、だれ一人ブツブツ文句《もんく》を言ったり、うめいたりしなかったので、シスター・ヴェロニカはおどろいてしまった。それどころか、うっとりときいっているようにさえ見える。もしかしたら、とうとうこの哀《あわ》れな子どもたちの心に、思いがとどいたのかもしれない。

たしかに、夜の闇《やみ》のなか、眠《ねむ》りの世界へ引きこまれるまで数分のあいだ、疑《うたが》いに——そう、おそろしい、本当におそろしい疑《うたが》いに、さいなまれることもあった。けれども、この少女たちが神の恵《めぐ》みを受けられるようにすることこそ自分の使命だと、シスター・ヴェロニカは心から信じていたのだ。

芸術《げいじゅつ》を鑑賞《かんしょう》する術《すべ》を少女たちに教えることも、使命の一つだと、シスター・ヴェロニカは考えていた。芸術《げいじゅつ》といっても、もちろん、宗教的《しゅうきょうてき》なものだけだ。父親が家じゅうに飾《かざ》っていた下品なフランス絵画などではない。

シスター・ヴェロニカにとって、真の芸術《げいじゅつ》作品とは、この薄《うす》よごれた俗世《ぞくせ》の関心から彼女《かのじょ》を解《と》き放《はな》ち、神のおそばへ近づけてくれるものだった。

少女たちはおろかで、世俗的《せぞくてき》なものにしか関心をしめさなかった。

しかし、一人だけ、絵画がもたらす神々《こうごう》しい恍惚《こうこつ》にかすかだが関心をしめす子がいた。そう、バーバラだけが、芸術《げいじゅつ》のもつ別世界のすばらしさを理解《りかい》しているようだった。なのに、そのバーバラまでが今、シスター・ヴェロニカのもとから去ろうとしている。

バーバラは、メアリー・マグリービがあんなことになったのはシスター・ヴェロニカのせいだと思っているのだ。

シスター・ヴェロニカもそれに気づいていた。けれど、なぜあのくだらない娘《むすめ》のたどった運命に自分が責《せ》めを負わなければならないのだろう？　おろかなメアリー・マグリービがしょっちゅうめんどうにまきこまれるからといって、どうしてわたしが責《せ》められなければならないの？

シスター・ヴェロニカはメアリーの指導《しどう》をまかされていた。メアリーが、あんなに感情的《かんじょうてき》で性悪《しょうわる》でなければ、しょっちゅう罰《ばっ》する必要などなかったのだ。

シスター・ヴェロニカ自身、ただのキャサリン・コナーだったころは罰《ばっ》を受けていた。そう、あのころわたしは、おろかで軽薄《けいはく》ですぐに罪《つみ》に誘惑《ゆうわく》され、ムチで打たれていた。だからこそ、こんなに強くなったのだ。聖人《せいじん》たちの苦難《くなん》を、一瞬《いっしゅん》でも垣間見《かいまみ》ることで、神のおそばに近づくことができたのだ。

けれども、メアリー・マグリービは神の恩寵《おんちょう》の光を決して見ようとしなかった。自分以外の人間に仕えるということが、理解《りかい》できなかったのだ。そして、地獄《じごく》行きにふさわしい曲がった性根《しょうね》の持ち主だということを証明《しょうめい》するかのように、とうとうみずからの命を絶《た》つというおそろしい罪《つみ》をおかした……。

バーバラは、そう、愛すべきバーバラは、腹《はら》だたしいことになぜかずっと、おろかで強情《ごうじょう》なメアリー・マグリービを特別な友人だと言いつづけてきた。シスター・ヴェロニカはよく、二人が村娘《むらむすめ》のようにクスクス笑ったりしゃべったりしているのを見かけたが、そのたびに自分でもおどろくほど激《はげ》しい怒《いか》りがこみあげた。少女たちはみんな、メアリーに夢中《むちゅう》だった。でもどうして、バーバラのような少女までが、あんな軽はずみな娘《むすめ》といっしょにいるのだろう？　シスター・ヴェロニカは説明のできないもどかしさを感じた。

そして、おろかな娘《むすめ》がみずからの命を奪《うば》うことで地獄《じごく》へ堕《お》ちた今、バーバラはほとんどシスター・ヴェロニカに話しかけなくなった。ミサのあいだも、おそれを知らぬ不遜《ふそん》な態度《たいど》でシスター・ヴェロニカをにらみつけている。

これが別の少女だったら、とうに罰《ばっ》していたにちがいない。さんざんムチを加えてやっただろう。でも、バーバラを罰《ばっ》することはできなかった。バーバラは罰《ばっ》せない。

「ここを見てごらんなさい」

シスター・ヴェロニカは近くにいた少女をたじろがせるほど明るい笑《え》みをうかべて、『十字架《じゅうじか》の道行き』の場面を描《えが》いた小さな絵を指さした。

「これは、わたしが名前をいただいた聖《せい》ヴェロニカです」

シスター・ヴェロニカはほほえんで少女たちが意味を理解《りかい》するのを待ちながら、うぬぼれの罪《つみ》をおかしかけたことに暗い興奮《こうふん》を感じて、ほほの内側をぐっとかみしめた。

「ほら、神の御子《みこ》キリストの尊《とうと》いひたいをぬぐってさしあげているでしょう？」

シスター・ヴェロニカは、遠くを見るような表情《ひょうじょう》をうかべてその絵に見入った。

少女たちがよく知っている、そしておそれている表情《ひょうじょう》だ。

「みなさんに想像《そうぞう》できますか？　救い主のこんなにもおそばに行って、ご苦難《くなん》のときに仕えることができるなんて……」

だれ一人、答えなかった。これまでの長くつらい経験《けいけん》から、何を言っても、シスター・ヴェロニカの怒《いか》りを買うことはわかっていた。もちろん、だまっていても怒《いか》りを買うことは変わらなかったが、それでも何も言わず、表情《ひょうじょう》も変えず、ただ見つめかえすほうがまだ危険《きけん》が少ない。

シスター・ヴェロニカは半分とじた目で少女たちを見つめ、首をふった。

「いいえ、想像《そうぞう》できるはずがありません。あなた方のような小娘《こむすめ》に、どうしてそんなことが理解《りかい》できるでしょう？　聖《せい》ヴェロニカがなさったように、そして、わたしたちがここで日々おこなっているように、他者に仕えるということがどういうことなのか、あなた方に理解《りかい》できるはずありませんもの」

シスター・ヴェロニカにとって、美術《びじゅつ》の授業《じゅぎょう》はとても大切なものだった。シスター・ヴェロニカには、芸術《げいじゅつ》の才能《さいのう》があった。とはいえ、その事実をあまり自慢《じまん》に思わないように努力していた。思いあがった自分を罰《ばっ》するために、特別気に入っている絵を自分の手で破壊《はかい》することさえあった。いやでいやでたまらなかったが。

ここで学んだ女生徒たちのなかには、イングランドや植民地の由緒《ゆいしょ》正しい家へ行って家庭教師《きょうし》をしている者もいる。ついこのあいだも、シスター・ルースが、バハマのお屋敷《やしき》で家庭教師《きょうし》をしている昔の教え子から手紙をもらったと話してくれた。

シスター・ルースが、シスター・ヴェロニカからしてみれば好ましくないように思える興奮《こうふん》した口調で話すのをきいているうちに、シスター・ヴェロニカは、一瞬《いっしゅん》、ねたみを感じそうになった。

シスター・ヴェロニカは、めんどうを見ていた女生徒から手紙をもらったことは一度もなかった。なんて恩知《おんし》らずな娘《むすめ》たちだろう。

しかもシスター・ルースが、手紙にあった「ハンサムな若《わか》い男性《だんせい》」などという不適切《ふてきせつ》な話題についてこまかく話そうとしたので、会話を終わらせるために急ぎの用事があると言わなければならなかった。

「さあ、みなさん」シスター・ヴェロニカが大きな声で言ったので、まだおチビのスーザン・ティラーはとびあがった。

「これから絵を描《か》きます。これからの時をすごすのに、ぴったりだと思いますよ。そうでなければ、どうせ村の祭へ行って男性《だんせい》に色目を使うような罪深《つみぶか》いおこないでむだにするだけでしょうから——ええ、そうです、あなたのことですよ、マーガレット」

マーガレットは返事をしなかった。

男性《だんせい》の話を出すだけで、ふだんならクスクス笑いが起こるのに、今日はしんとしている。

シスター・ヴェロニカはまゆをひそめた。「このあいだの静物画の続きをやろうと思っていましたが——」

「シスター・ヴェロニカ」

シスター・ヴェロニカは、ヘビのようなすばやさで話をじゃました生徒のほうをふりかえった。話をとちゅうでさえぎられるのは、大きらいだ。

ところが、手をあげているのはバーバラだった。しかも、顔にうかんでいるのは……笑《え》み？

「バーバラ、なんですか？」

「申しわけありません、シスター・ヴェロニカ」バーバラは言って、前へ出た。「じつはみんなで話していたんです。そうよね？」

少女たちはみんな熱心にあいづちを打った。

「シスター・ヴェロニカ、わたしたち考えていたんです。シスター・ヴェロニカの絵を描《か》かせていただけないかって……」

シスター・ヴェロニカは赤くなるまいとしたが、あまりうまくいかなかった。そして、自分が若《わか》い娘《むすめ》のように動揺《どうよう》していることに腹《はら》を立て、手のひらに爪《つめ》を食いこませた。

「わたしを？」シスター・ヴェロニカはにこやかな笑《え》みをうかべてききかえした。

「さあ、それはどうかしら……？」

「うぬぼれの罪《つみ》にならないかと心配なさっているのでしょう、シスター・ヴェロニカ？」バーバラは言った。

シスター・ヴェロニカの笑《え》みが消えた。バーバラの言うとおり、シスター・ヴェロニカはうぬぼれの罪《つみ》をおかすことをつねにおそれてきた。シスター・ヴェロニカは自分が美しいことを知っていた。けれども、それを自慢《じまん》に思うまいと必死で努力していた。

「きっと心配なさるだろうとわかっていました。だから、マーガレットに言ったんです。『シスター・ヴェロニカは、ご自分を描《か》かせてはくださらないわ。そんなふうに目立つことはおきらいだもの。神さまに対する冒瀆《ぼうとく》だとお思いになるわ』って」

「神に対する冒瀆《ぼうとく》かどうかはわかりません」シスター・ヴェロニカは言った。

雲が太陽をかくし、部屋がふっと暗くなった。薄暗《うすくら》がりのなかで、シスター・

ヴェロニカの笑《え》みはいつにも増《ま》して輝《かがや》いて見えた。

「けれども、うぬぼれはおそろしい罪《つみ》です。なぜだか知っていますか？」

「神への愛からわたしたちの心をそらしてしまうからです、シスター」バーバラは答えた。

「そのとおりです、バーバラ」シスター・ヴェロニカは顔を輝《かがや》かせた。「ですから、わたしたちはつねに気をつけなければなりません。さあ、では、静物画の続きにとりかかりましょうか」

「わたしたちもわかっていたんです。シスター・ヴェロニカがご自分をそのまま描《か》かせてくださることはないって」バーバラが言った。

「どういうことかしら？」シスター・ヴェロニカは静物の置いてあるテーブルのほうへ歩きながら言った。

「だから、みんなで考えたんです」バーバラは続けた。「ああ、お願いです。どうか、いいとおっしゃってください、シスター・ヴェロニカ。お願いです！」

シスター・ヴェロニカは、いらだちをおさえてバーバラのほうをふりかえった。

「バーバラ、どういうことか、わからないのだけれど？」

「ああ、ごめんなさい、シスター」バーバラはフッと笑った。「わたしたち、シスターに聖人《せいじん》のポーズをとっていただけないかって考えたんです」

シスター・ヴェロニカは一瞬《いっしゅん》、めまいを感じた。バーバラがまた自分にしゃべりかけるようになっただけではなく、生徒たちが自分に尊《とうと》い聖人《せいじん》のポーズをとってほしいと言うのだ。まるで夢《ゆめ》のようだ。もちろん、そんな夢《ゆめ》を見ることを自分にゆるしたことはないが。

「どの聖人《せいじん》のことを言っているのです？」

「どんなポーズかお伝えすれば、シスターがおわかりになるんじゃないかって、話していたんですけれど」

シスター・ヴェロニカは、目の前の、期待もあらわに興奮《こうふん》した面持《おもも》ちの少女たちを見た。自分をからかっているのだろうか？　軽々しく信じることはできなかったが、この魔法《まほう》のような瞬間《しゅんかん》を台なしにしたくもなかった。シスター・ヴェロニカは、修道院長《しゅうどういんちょう》からもうすこしユーモアの感覚をもつよう、やさしくたしなめられたことがあった。「そうすれば、つきあいやすい人間だと思ってもらえることもありますよ」と院長は言った。今、その〝つきあいやすい人間〟になれるのだろうか。自信はなかった。でも、バーバラのためなら、なれるかもしれない。

「わかりました」シスター・ヴェロニカはしんぼう強く笑《え》みをつくった。「どう立てばいいのです?」

「柱によりかかって立っていただけますか。そう――しばられているみたいに」

バーバラが言った。

シスター・ヴェロニカは教室の柱の一つに近づいた。

修道院《しゅうどういん》を建てた業者は、教室の片側《かたがわ》に柱をならべたので、実用面ではいろいろ不都合があったけれど、シスター・ヴェロニカが愛してやまない礼拝堂《れいはいどう》のような独特《どくとく》の雰囲気《ふんいき》が生まれていた。

ステンドグラスをはめた窓《まど》からふいに太陽の光がさしこみ、金や、緑や、血のような赤い輝《かがや》きが石細工の床《ゆか》にまきちらされた。

「まだどの聖人《せいじん》か、おわかりになりませんか、シスター・ヴェロニカ?」バーバラが言った。

「聖《せい》セパスティアヌスかしら?」そうかもしれないと思うと、シスター・ヴェロニカの声はかすかにふるえた。

聖人《せいじん》たちを描《えが》いた本のなかに聖《せい》セパスティアヌスの版画《はんが》があり、シスター・ヴェロニカは特別その絵を気に入っていた。ときどき、自分の感じる喜びが不適切《ふてきせつ》なのではないかと心配になるほどだった［三世紀、ディオクレティアヌス帝のキリスト教迫害で殺害された聖人。しばられ、矢を刺されたすがたで描かれることが多い］。

「いいえ、シスター・ヴェロニカ。聖《せい》セパスティアヌスではありません」バーバラは言った。

シスター・ヴェロニカはまゆをひそめ、頭のなかで聖人《せいじん》の本を一ページ一ページめくって、ほかに柱にしばりつけられていた聖人《せいじん》がいたか、思い出そうとした。

キリストご自身が十字架《じゅうじか》にかけられる前に柱にしばられて鞭打《むちう》たれている場面がうかんだが、そんな罰《ばち》あたりなことは、考えるだけでもおそろしかった。

そうやって聖人《せいじん》たちを一人ひとり思いうかべていくうちに、殉教《じゅんきょう》の場面ばかり考えて、彼《かれ》らの偉業《いぎょう》について考えていなかったことに思いあたった。

シスター・ヴェロニカは絵や版画《はんが》をこのうえなく愛していたが、そうした作品のなかでは殉教《じゅんきょう》の場面が描《えが》かれることが多いのだ。

聖《せい》バルトロマイのことを考えるといつも、尊《とうと》い殉教《じゅんきょう》の証《あかし》として自分の皮膚《ひふ》をマントのように肩《かた》にかけているすがたがうかんだ。聖《せい》バルトロマイは、生きながら皮をはがれたのだ。

聖《せい》ヤコブも同じで、棍棒《こんぼう》でなぐり殺されたすがたが、聖《せい》パウロは刀で首を落とされたところが、聖《せい》ブラシウスは彼《かれ》の肉を引《ひ》き裂《さ》いた鉄の櫛《くし》をもっているところが、聖《せい》ラウレンティウスは彼《かれ》を焼いた焼《や》き網《あみ》とともにあるすがたが、うかんだ。

あれこれ思いめぐらしているうちに、シスター・ヴェロニカはふいに両手をつかまれ、手首に何かまきつけられたことに気づいた。

「ちょっと」シスター・ヴェロニカは身をくねらせてロープからのがれようとした。いや、ロープではない。シスター・ヴェロニカは気づいた。針金《はりがね》だ。「いくらなんでもちょっと痛《いた》いわ」

マーガレットが柱の後ろから出てきて、ニヤリと笑った。

「マーガレット、きこえましたか？」シスター・ヴェロニカは大声で言った。

「すぐにほどきなさい」

「まだわかりませんか、シスター？」マーガレットは返事をするかわりにたずねた。

「わたしをおこらせるつもりなの？」

「さあ、シスター。当ててみて」少女の一人が言った。

「クイズなんてしたくありません。今すぐ、ほどきなさい！」シスター・ヴェロニカはさけんだ。

少女たちはクスクス笑った。

「これがヒントになるかもしれませんね」バーバラが言って、馬小屋で見つけてきた大きなペンチを出した。修道院《しゅうどういん》の下働きが柵《さく》の支柱《しちゅう》から巨大《きょだい》なさびた釘《くぎ》をぬくのに使っているのを見たことがある。

もう一度針金《はりがね》から手首をぬこうとしたが、ますますきつくなっただけだった。針金《はりがね》が肉に食いこみ、シスター・ヴェロニカは顔をしかめた。

「さあ、シスター・ヴェロニカ」バーバラはそう言って、少女たちのほうをふりかえってニヤッとした。「もうおわかりになったでしょう」

シスター・ヴェロニカはとっくにわかっていた。「いくらなんでもやりすぎです！」威厳《いげん》をもって言ったつもりが、じっさいはか細い訴《うった》えるような声しか出なかった。

「好きなだけさけびなさい」バーバラが言うのをきいて、シスター・ヴェロニカは自分の声を真似《まね》しているのだと気づいた。「だれにもきこえないでしょうけれど」

バーバラが少女たちに向かってうなずいた。

シスター・ヴェロニカは顔をおさえつけられるのを感じた。だれかの手があごをおさえ、また別の手が鼻に何かをくっつけた。洗濯《せんたく》ばさみだ。

バーバラが前へ進み出た。その顔には、こおるような残酷《ざんこく》な表情《ひょうじょう》がうかんでいた。

「おお、主《しゅ》よ!」シスター・ヴェロニカはあえいだ。「おお、神よ!」

聖《せい》アポロニア。『聖人《せいじん》の生涯《しょうがい》』という本に載《の》っているアポロニアの版画《はんが》は、心がわきたつ絵とは言いがたい。ずんぐりした顔の女性《じょせい》が、まさに今、バーバラが目の前でひらいたりとじたりしているようなペンチをもっている。聖《せい》アポロニア。柱にしばられ、歯を全部引きぬかれた聖人《せいじん》だ。聖《せい》アポロニア。歯の守護聖人《しゅごせいじん》。

洗濯《せんたく》ばさみのせいで鼻が痛《いた》み、周囲のものがぼやけてきた。

だが、バーバラと近づいてくるペンチだけははっきりと見えた。

不気味なペンチの残像《ざんぞう》が脳裏《のうり》に焼きついてはなれなかった。白いドレスの女には、どこかペンチをもっているすがたを容易《ようい》に想像《そうぞう》させるところがあった。そんな空おそろしさを感じながらも、ぼくは大きなあくびをして、なんとか意識《いしき》をしっかり保《たも》とうとした。

女が次から次へと物語を語るにつれ、話自体はこわくてたまらないのに、まるで寝《ね》る前の物語のような効果《こうか》をもたらし、眠気《ねむけ》はますます強くなってきた。

でも、それが記憶《きおく》をほりおこしたのか、ぼくは寝《ね》る前に物語を読みきかせてもらったころのことを思い出した。

父や母はそういったことに重きを置くタイプではなかったから、ぼくがはからずも思い出したのは、さっき話に出た、ぼくがひどい仕打ちをしてしまった家庭教師《きょうし》だった。

家庭教師《きょうし》がにっこりほほえんでおやすみなさいと言って、パタンと本をとじるときのようすがうかんできて、罪《つみ》の意識《いしき》と恥《は》ずかしさで胸《むね》がちくちくと痛《いた》んだ。白いドレスの女はぼくの顔にうかんだ表情《ひょうじょう》に気づいたらしく、興味深《きょうみぶか》そうにじっとぼくを見た。

正直に言うと、ぼくはますます彼女《かのじょ》と目を合わせるのがむずかしくなっていた。客室のほかの乗客といっしょに深い眠《ねむ》りに落ちるのも時間の問題かもしれない。白いドレスの女のほうは、あいかわらず目が冴《さ》えているようすだった。

ぼくは眠《ねむ》くてたまらないのをかくそうとして、パンッと大きな音をたてて手をたたき、すこしわざとらしいくらい陽気な調子で言った。

「さてと、列車はまだ動かないのかな？　外へ出て、運転手のようすを見てきましょうか」

ぼくは立とうとしたが、足に体重をかけるまでもなく、そんなことをしてもむだだとわかった。力が入らず、立ちあがれないのだ。無理やり立とうとすれば、転んで大恥《おおはじ》をかくことは目に見えていた。

だから、白いドレスの女がとめようとして手を出したとき、内心ホッとした。

「あらだめよ、そんなことをしちゃ」女はぼくの腕《うで》をつかんだ。「列車がトンネルの入口でとまっているときは、おりてはいけないの」

「本当ですか？　でも――」

「本当よ」女はこれでこの件《けん》は打ち切りだというように、言った。「そんなの当たり前でしょ」

「ああ」ぼくはまた座席《ざせき》によりかかると、意識《いしき》を集中しようとした。白いドレスの女のすがたが、奇妙《きみょう》なほどぼやけて見える。「そんな規則《きそく》があるなんて、ぜんぜん知りませんでした」

「ええ、絶対的《ぜったいてき》な規則《きそく》よ。まちがいないわ」女は言った。

ぼんやりした頭でも、彼女《かのじょ》が鉄道の規定《きてい》に特別な知識《ちしき》をもっているなんておかしいような気がしたが、自分の言ったことを実行にうつせるようになるまでは、女の言うことをそのまま受けいれるほかなかった。

ぼくはうんざりしてほかの乗客のほうを見やったが、あいかわらずぐっすりと眠《ねむ》っていて、さっきまでは腹《はら》だたしかった忘却《ぼうきゃく》の状態《じょうたい》がうらやましくさえ思えてきた。

けれども、白いドレスの女を残して眠《ねむ》ると思うと、なぜかわからないが、ひどく胸《むな》さわぎがした。

「今、何時か教えていただけませんか？」窓《まど》の外がみるみる暗くなってくるのを見て、ぼくはたずねた。

空は不気味なほど白々《しらじら》として、切りたった崖《がけ》は今ではほとんど闇《やみ》に包まれている。

「ずいぶん疲《つか》れているみたいね」白いドレスの女はうっとりさせるような声で言った。「眠《ねむ》ったら失礼だなんて思わなくていいのよ。そうしたければ、どうぞ目をとじて」

ああ、どんなにかそうしたいだろう！　けれども、女にすすめられたせいで、ぼくはますます目はとじるまいと決意した。

白いドレスの女もそれを感じたらしく、にっこりとほほえんだ。まるで、母親が、本当は自分のためになることをあくまでやるまいと強情《ごうじょう》をはっている子どもを見てほほえんでいるみたいだ。

ぼくはさがってくる重いまぶたをなんとかもちあげ、あらゆる考えをあいまいにしてしまう霧《きり》を頭から追いはらおうとした。

そうこうしているうちに、白いドレスの女が言った。「じゃあ、あなたは学校へもどるところというわけね。今か今かと休暇《きゅうか》が来るのを待ち望むタイプなの？」

「いいえ、選べるなら、父が留守《るす》のときは学校に残りたいくらいです。さっきも言ったとおり、義理《ぎり》の母とはうまくいっていないので」

「だけど、お義母《かあ》さまはあなたのことを愛しているのね」

ずいぶんおかしなことを考えつくものだと、ぼくはフンと鼻を鳴らした。

「自分を愛していない人間を愛することはできないと思う？」女はたずねた。

「ぼくにはわかりません」一瞬《いっしゅん》、こめかみの痛《いた》みがもどってきた。「今まで考えたこともありませんでしたから。義理《ぎり》の母がぼくに対して特別な感情《かんじょう》をもっているなんて、思ったこともありませんね」

白いドレスの女はほほえんだ。「自分がお義母《かあ》さまに対してなんの特別な感情《かんじょう》ももっていないから？」

「ええ。いや、どうかな。わかりません。もう義理《ぎり》の母の話はよしませんか」

「ええ、もちろんよ。わたしが休暇《きゅうか》のことをたずねたから、この話になっただけだもの。お義母《かあ》さまといっしょにいるのがいやなら、休暇《きゅうか》は死ぬほどたいくつなんでしょうね」

「ほとんど家か庭で本を読んでいます」ぼくは説明した。

「ああ、なるほどね。物語はすばらしい気晴らしになるものね」

「気晴らしを求めているかどうかは、自分でもよくわかりません。単におもしろいから読んでいるんです」

「そうなら、もう一つ、おもしろいお話をしてもいいかしら？」

頭の痛《いた》みは今や耐《た》えられないほどだったので、ぼくは喜んで賛成《さんせい》した。会話を続ける気力がなかったのだ。

「偶然《ぐうぜん》なんだけれど――」

ぼくは白いドレスの女の声に集中して、眠《ねむ》るまいとした。

「――今度のお話には、あなたみたいに休暇《きゅうか》がたいくつでたまらないと思っている男の子が出てくるの。だけど、その子が思いついたのは、読書とはちょっとちがってね……」

ささやく男

The Whispering Boy

ローランドは歯のあいだからヒュッと息を吸《す》うと、顔をしかめて首をふった。

やはりカッターだ。まちがいなく死んでいる。死体なら前にも見たことがある。祖母《そぼ》の冷たくなった灰色《はいいろ》のひたいにキスをしたのは、ほんの一年前だ。でも、祖母《そぼ》のことはろくに知らなかったし、祖母《そぼ》の遺体《いたい》は暗くした寝室《しんしつ》に安らいだようすで横たわっていた。これとはちがう。こんな、手足をぶざまに広げて犬みたいに道ばたに転がっていたわけじゃない。

カッターのことはよく知っていたし、好きだったと言ってもいい。けれど、動揺《どうよう》しているのを見せるわけにはいかない。リーダーっていうのは、どんなときも落ちついて対処《たいしょ》するものなんだ。

「〈ささやく男〉だ!」一人の少年がふるえる指で死体をさした。「またやつだよ、だろ？」

「だまれ！」ほかの子たちがおびえているのを見て、ローランドは勇気が出てきた。

これはゲームだ。競争なんだ。まったくこわがっちゃいけないわけではない。ほかの子たちよりも、こわがらなければいいのだ。ほかのやつらより一段《いちだん》上ってところを見せられれば、それでいい。それくらいなら、なんとかできそうだ。

学校から町にもどって以来、〈ささやく男〉のことで話題はもちきりだった。このバカどもは、顔を合わせては、バカげた亡霊《ぼうれい》に対する妄想《もうそう》をふくらませてきたのだ。だから、こいつらにはぼくがいなくちゃ、だめなんだ。こいつらは、頭の悪い動物みたいなもんなんだ。

「ラビットの言うとおりだ」ジャックがはりつめた声でささやいた。「〈ささやく男〉にちがいない」

ローランドはため息をついて、首をふった。そして、学校の先生が、初歩的なラテン語の文法がどうしてもわからない生徒を見るような目つきで、ジャックを見た。

ジャックが言った。「なんでもわかってると思うなよ。いい学校に行ってるからってよ」

「少なくとも〈ささやく男〉なんてものはいないってことは、わかってるぜ」

「ほう、そうか?」ジャックはカッターの死体を指さした。「こいつの顔を見たか?」

たしかにカッターの顔なら見ていた。どんなに虚勢《きょせい》をはってみたところで、そう、この数人のグループを仕切っているように見せたところで、ふつうではない死に顔だとみとめるしかない。大きく見ひらかれた目には狂気《きょうき》が宿り、今にも眼《がん》窩《か》からとびだしそうだし、白目は血走っている。

強がってはいたものの、その顔を見るたびに、ローランドはくじけそうになった。

カッターの目は恐怖《きょうふ》に絶叫《ぜっきょう》しながら死んだ人間の目そのものだったが、口はそうではなかった。大きくひらかれているかと思いきや、くちびるはきゅっとすぼめられ、わずかなすきまがあいているだけだ。もし生きていたら、その狂気《きょうき》じみた目ととじられた口があまりにも対照的で、滑稽《こっけい》に見えたかもしれない。このことについては、すでにいろいろ考えていた。

「おそらく窒息《ちっそく》したんだろう」ローランドは言ったことを強調するように顔に手を当てた。「口をふさがれて死んだんだ」

少年たちがざわついたので、ローランドはにやけそうになるのをなんとかこらえた。だれも気づいていなかったにちがいない。

ローランドが村の少年たちとつるんでいるのを知って、父親はがくぜんとしていた。

でも、ローランドは、リーダー役が楽しくてしょうがなかった。こいつらは何も知らないバカばっかりだ。ローランドにとっては、それこそが魅力《みりょく》だった。

学校ではいばるチャンスなんてまったくない。ローランドは自分のほうが上とは言わないまでも同等だと信じて疑《うたが》わなかったが、同級生たちのほうは彼《かれ》の才能《さいのう》に無視《むし》を決めこんでいた。

けれども、無学な村の子たちといると、ローランドは自分の居場所《いばしょ》を見つけることができた。どんくさい地元の少年たち相手なら、ローランドの知識《ちしき》でもじゅうぶん賢者《けんじゃ》みたいになれたし、必要なら腕《うで》づくでリーダーとしての地位をゆるぎないものにするくらいの強さと冷酷《れいこく》さも、もちあわせている。下々《しもじも》の者をとりしきる司令官のような気になっていたのだ。

「どんなやつにしろ、強いやつにちがいない」フィグが言った。「カッターは強かったし、戦わないで降参《こうさん》するようなやつじゃなかった。なのに見ろよ、アザーつないんだぜ」

フィグの言うとおりだったし、ローランドもそれはわかっていた。カッターはおこると動物みたいになるやつだった。

犯人《はんにん》がどんなやつにしろ、おそろしいやつなのはまちがいない。ささやいていようがいまいが、子どもじゃない。これは大人の男のしわざだ。大きくて強い、邪悪《じゃあく》な男の。

死体にさわると思うと嫌悪感《けんおかん》がこみあげたが、ローランドはカッターの目をとじてやろうと、身を乗りだした。そうするのがいいだろうと思ったし、前に〈犬とアヒル亭《てい》〉の前で老人がいきなり死んだとき、大人がそうやっているのを見たことがあった。

ところが、目をとじようとしたとたん、ローランドはぎくりとして身を引いた。思わず悲鳴をもらし、バツが悪くなった。

カッターの口のなかで何かが動いたのだ。

昼間の光のなかに太ったハエがひょいと頭を出した。続いて暗緑色の胴体《どうたい》があらわれた。少年たちがこおりついたように見つめるなか、ハエは羽をこきざみにふるわせると、ブーンとけだるい音をたてて飛んでいった。

後ろでノリスが吐《は》いているのがきこえて、ローランドはわれに返った。

「ハエはきらいなんだよ」ローランドは言った。

「好きなやつなんていないるか」ジャックが声をひそめて言った。

「気持ちわりぃよ」すすり泣きそうになるのを必死でこらえているせいか、ラビットの声はかすれていた。「おい、だれか、なんかかけてやれよ。このきたねえ通りのハエがみんなカッターの口んなかに入る前によ」

「かける？　かけるって何をだよ？　おまえの上着をよこすのか？」ローランドは言った。

「やだよ！」ラビットは顔をしかめた。「何かあるだろ？」けれども、さっと見まわしたかぎりは何もなかった。

「こんなところにつっ立ってないで、だれか連れてきたほうがいい。じゃねえと、おれたちがやったみたいに見えちまう」ジャックが言った。「ノリス、おれのおやじんとこへ行って、何があったか話すんだ」

自分ではなくジャックが指揮《しき》をとっているのは気に入らなかったが、たしかにジャックの言うとおりなので、ノリスが許可《きょか》を求めるようにこちらを見ると、ローランドは何も言えずにムスッとしてうなずいた。

ノリスはカッターの死体からはなれられるのがよほどうれしいらしく、文句《もんく》も言わずに坂を駆《か》けおり、街の中心にあるジャックの父親の肉屋へ向かった。

ローランドも、冷静さをとりもどしていた。カッターの死体ももうこわくはない。ジャックがでしゃばってはきたが、すぐに落ちついて、ふたたび主導権《しゅどうけん》をとりかえした。

「やつらのせいだ」ラビットは言って、新しい家を建てている男たちを指さした。

「墓《はか》を荒《あ》らしたのは、やつらなんだから」

「そうだ」ジャックも言った。「見ろよ。あんなに家を建てて、どうするつもりだ？　あんなレンガ塀《べい》やらスレート屋根やらこじゃれた窓《まど》なんて、だれがほしがるんだよ？　ここはロンドンじゃねえんだ」

ジャックはローランドをじっと見た。この土地を買って、あの家を建てているのは、ローランドの父親だった。ローランドはニヤリとして、首をふった。こんなことでぼくがビビるなんて、本気で思ってんのか？

「やつらが何を建てようが、何を使って建てようが、そんなことは関係ない。やつらが墓《はか》をほりかえしたって事実が問題なんだ。ここの墓《はか》は、ペストんときの集団墓地《しゅうだんぼち》らしいぜ」ラビットが言った。

「そうじゃないよ」フィグが言った。

「じゃあ、なんなんだよ？」ローランドはバカにしたように言った。

「救貧院《きゅうひんいん》があったのをこわして、建物を建ててんだ。昔そこで、熱病が大流行したんだ。百年かそこら前の話だ。小さい子どもがいたんだけど、とじこめて見殺しにした。少なくともおれの父ちゃんはそう言ってた」

「へー、おまえのおやじが知ってる？」ローランドはあざ笑うように言った。

「おまえのおやじは、パブへ行くとき以外、もう何年も一歩も家から出てねえよな。まさか、本好きなんてことはありえないしな」

「本なんか読まなくたって、救貧院《きゅうひんいん》があったことくらいわかるさ。だれでも知ってることだ。だから〈ささやく男〉はこんなことをしたんだ」ジャックが冷ややかに言った。

「〈ささやく男〉なんていない」ローランドは言った。

「いや、いるね」

「いない」

「いいや、いるんだ」ジャックはこぶしをにぎりしめた。「おれはこの目で見たんだ」

みんないっせいにジャックのほうを見た。

「へえ、じゃあどうして今まで言わなかったんだよ？」ローランドは言った。

ジャックは首をふった。「わからねえ。どうせ信じてもらえないと思ったのかもな」ジャックは言った。

「今なら信じるなんて、だれが言った？」ローランドはうすら笑いをうかべた。

「話をきこうぜ」フィグが言った。「話せよジャック、何を見たんだ？」

「レンガ職人《しょくにん》が見つかった日だ」ジャックは言って、塀《へい》の上にすわった。「やつが最初の犠牲者《ぎせいしゃ》だったろ。カッターで、五人になった」

「わかったよ、みんな、数くらい数えられる」ローランドはラビットのほうを見やって、フッと笑った。「ま、例外もいるかもしれないけどな。で、レンガ職人《しょくにん》がどうしたんだ？」

「死ぬちょっと前に見かけたんだ。すれちがってさ、一分か二分後に不気味な音がきこえた」

「ささやき声か？」ローランドはたずねた。

「いや。ささやき声じゃない。どっちかって言うと、うなってるような感じだ。じゃなきゃ、風がふいてる音か。それでふりむいたら、レンガ職人《しょくにん》はいなくて——今、思えば、道ばたのドブにたおれてたんだな、カッターと同じ顔をして――そのかわりにそいつが立ってたんだ……つまり……うまく説明できない」

「説明できない？」ローランドはききかえした。「外見はどんなだったんだよ？」

「うまく言えないんだ」ジャックは頭をふりながら言った。

「フッ、うまく言えないだと？」ローランドは笑った。

ジャックは顔をしかめた。「おれがウソついてるって言うのか？」

「何も言ってやしないさ」ローランドは言った。ジャックは、体は小さいが力は強い。ケンカする気なら話は別だが、その気がないときはしつこくするのはやめておいたほうがいい。ケンカには時と場所ってもんがある、とローランドは思った。今は、そのときじゃない。「結局そいつを見たのか見なかったのか、知りたいだけだよ」

「見た」

「なら、わかるだろ。どんなだったんだよ？」

「そんな単純《たんじゅん》なことじゃないんだ。そこにいたと思ったら、次の瞬間《しゅんかん》、いなくなって、またすぐにあらわれるって感じなんだ。そしてまた消える」

ローランドはツバを吐《は》いてフンと鼻で笑うと、ききたいことは大体きいたという顔でジャックを見やった。

「なら、やつがいたとき、つまり、消えてないときは、どんなふうに見えたんだよ？」

「それなんだ。どんなふうにも見えないんだ」

「だけど、男のすがたには見えたんだろ」ローランドは笑った。「じゃなかったら、ささやく犬でもささやくヤカンでもなんだっていいことになるじゃないか」

「たしかに男には見えた。だけど、形が男ってだけなんだ。影《かげ》みたいだった。煙《けむり》でできてるみたいに」

「煙《けむり》でできてる？」ローランドはゲラゲラ笑った。「おい、よく考えろよ。煙《けむり》でできてたって？」

「見たとおりのことを言ってるだけだ。答えをきく気がないなら、質問《しつもん》すんな。

わかったな？」

そう言って、ジャックはローランドをにらみつけた。その顔を見れば、この話はこれで終わりだというのははっきりしていた。

ジャックとは、近いうちにけりをつけてやる。ローランドはひそかに誓《ちか》った。そのときは、こっちのやり方でやらなきゃならない。そういうときのために、すでに上着のポケットに短い鉄の棒《ぼう》をしのばせて持ち歩いていた。


やがて、ノリスに連れられて、肉屋をやっているジャック・ランドンの父親がやってきた。ランドンは息子《むすこ》に向かって手をあげ、ジャックは死体を見せた。すでに巡査《じゅんさ》のところには知らせをやったと言う。

ランドンがむきだしの地面にひざまずいて、横たわっているカッターをながめた。

カッターのことは好きではなかったが、それでも、こんな終わりをむかえたのは気の毒だ。母親はとりみだすだろう。知らせる役は女房《にょうぼう》にやらせるつもりだが、まずその前に、たちの悪いいたずらでないことを自分の目でたしかめておきたかったのだ。確認《かくにん》すると、ランドンはふたたびノリスを店へやった。

ランドンはローランドを見て、会釈《えしゃく》した。ローランドが紳士《しんし》階級の子だからで、習性《しゅうせい》のようなものだったが、本意ではなかった。

ローランドの父親は金持ちで治安判事《はんじ》だが、家族ともどもいかにもえらそうにふるまうのが気に食わなかった。

ハエが手の甲《こう》にとまったので、ランドンはぞっとしてはらいのけた。

ローランドの父親には出てきてもらわなければならないが、息子《むすこ》にはちょっとくらいめんどうな思いをさせたって、かまわないだろう。ランドンは心のなかで思った。ああ、かまいやしない。

その夜、夕食の席で、ローランドは父親がわずかに頭をかたむけて母親に合図を送ったのに気づいた。

母親はすぐに立って、男同士で話があるでしょう、わたしは書かなきゃいけない手紙があるから、と言って出ていった。出ていきがてらに、ローランドに向かって申しわけなさそうな笑《え》みをうかべた。

「さて」ローランドの父親はひざからナプキンをとると、食卓《しょくたく》の上にポンとおいた。「すこし話ができたらと思ったのだ。おまえとわたしと、まあ、言ってみれば男同士の話だ」

父親は葉巻《はまき》に火をつけると、部屋へ向かって体に悪い灰色《はいいろ》の煙《けむり》をはきだした。

「なんのお話ですか、お父さん」ローランドは興味《きょうみ》がなさそうにきいた。

「今日の午後、たまたま銀行でランドンに会ったのだ。気の毒な若者《わかもの》の遺体《いたい》が発見されたとき、おまえもそこにいたそうだな」

「はい、お父さん。いました」ローランドは言った。

「そんなところで何をやっていたんだ?」

「べつに何もしていません。友だちといただけです」

「友だちか……」父親はフンと鼻を鳴らした。「あのスリだかなんだかわからん連中を本気で友だちなどと言っているのか？」

「何がおっしゃりたいんですか？」ローランドはそっぽを向いた。

「ランドンにきいたところではチンピラどもとつるんでいるそうじゃないか。すっかりリーダー気どりだと言っていたぞ」

「やつの息子《むすこ》だって仲間じゃないか！」ローランドはカッとなって腕《うで》をふりまわした。「それでよくぼくのことをとやかく言えるな！」

「やつの意見など、どうでもいい。このわたしが、おまえの素行《そこう》にがまんがならないと言っているんだ！」

ローランドは返事をしてもしょうがないのはわかっていたので、うつむいて空の皿をじっと見つめた。

ハエが一匹《ぴき》、皿の上を這《は》っている。

またカッターのことがうかんできた。ハエをたたきつぶそうとしたが、当てそこねた。

「やつらとつるむのはやめるんだ！」父親はどなった。

「お父さん、本当のことを言って、何がそんなに問題なのか、わかりません。自分の仲間を自分で選んではいけないんですか？」

「だめだ」父親は腹《はら》だたしげに葉巻《はまき》をもみ消した。「そんなことはゆるさん！」

父親はローランドをにらみつけた。それから、大きく深呼吸《しんこきゅう》して、かんしゃくを起こさないという妻《つま》との約束をなんとか守ろうとした。

「ヘザリング・コート校の校長と話をしたのだ」一瞬《いっしゅん》、間《ま》をおいてから、父親はしゃべりはじめた。声もすこしふだんの大きさにもどっている。「その結果、休暇《きゅうか》が終わっても、おまえは学校へもどらないということで意見が一致《いっち》した」

これには、ローランドも完全に不意をつかれた。外出禁止《きんし》や、庶民《しょみん》とのつきあいを禁止《きんし》されることは覚悟《かくご》していたが、学校を辞《や》めるのは予想外だった。ローランドは顔がニヤつくのをおさえられなかった。

「ヘザリング・コート校に、大して未練はないのだろうな？　おまえの顔を見ればわかる」

「はい、と言わざるを得ません。あそこにはがまんできないんです」しかし、それからフッとある考えが頭をよぎった。「では、どこの学校に行くことになるんですか？」

父親は手を組んで、関節をポキリと鳴らした。

「そのことだが、おまえはもう学校へ行かなくていい」

ローランドは当惑《とうわく》してまゆをひそめた。いったいどういうことだ？

「よくわかりませんが……」

「おまえもわたしも、おまえが学問の世界で成功することはないのはわかっているのではないか？　いや、もちろんおまえは賢《かしこ》い。むしろ賢《かしこ》すぎるのだと、わたしは思っているよ。だが、学問には関心がないのだろう？」

ローランドはだまっていた。

「わたし自身、昔から読書家だったことはない。おそらく、わたしたちは、思っているよりも共通点が多いのではないか。ん？」

ローランドの表情《ひょうじょう》を見れば、共通点なんかあってたまるかと思っているのはあきらかだった。

「おまえのために東インド会社の仕事を確保《かくほ》してやった」父親は続けた。「昔から旅をしたがっていただろう」

「いいえ、そんなことはありません」

「来週の火曜日にボンベイ［インド西海岸の都市。今のムンバイ］へ発《た》て」

今度ばかりはローランドも言葉を失った。ローランドは信じられない思いでぼうぜんと父親を見つめた。

「おまえも一人前の男になるだろう。そう、一人前にな」

こうなったらもはや打つ手はない。それは、ローランドにもわかっていた。

結局、ローランドと父親は似《に》ているのだ。一度こうと決めたら、てこでも動かない。

けれども、父親に不意をついてやったという満足感だけは味わわせたくなかった。

だからローランドは、それ以上何か言ったり、さわいだりすることなく、運命を受けいれた。

じっさい一時間もたたないうちに、インドへ行くという新しい将来《しょうらい》にもなじんできて、むしろイギリスでのたいくつな日々よりもずっとましかもしれないと思うようにさえなった。

しかし、それには、過去《かこ》の生活とはっきりと決別する必要がある。なんのけじめもなく、ただ今の生活から次の生活へうつるのは、正しくないような気がしたのだ。

まだけりをつけるべきことがある。ジャック・ランドンが自分の後釜《あとがま》におさまるのは決まったようなものだとしても、こんなふうに痛《いた》い思い一つさせずにだまってリーダーの地位をゆずるいわれはない。

ほかのメンバーには、とくに別れを言いたいとも思わなかった。彼《かれ》らに大した愛着もなかったのだ。

だが、ジャックとのことは、ぼくとやつとでけりをつけてやる。

ローランドが町の大通りにあるランドンの店の近くで待っていると、ジャックが出てきて、大通りとならんで走っている路地に入っていった。

路地を出る手前で、ローランドはジャックに追いついて声をかけた。

「なんの用だ？」ローランドの声に、ジャックはふりむいた。

「あと二、三日でここをはなれることになった」

「へえ、そりゃよかった」ジャックは興味《きょうみ》のないふりをして言った。

そして、そのまま歩み去ろうとした。

「建築現場《けんちくげんば》で会おう」ローランドは後ろからさけんだ。「カッターを見つけたところだ。日のしずむときに。それとも、思ってたとおり、おまえは臆病者《おくびょうもの》か？」

ジャックはふりかえって、ローランドと向きあった。

「おまえのことなんてこわくねえさ」ジャックは落ちつきはらって言った。「一度だってそんなふうに思ったことはない。こわがってんのは、おれのおやじさ。おまえんとこのおやじをな。おやじさえいなけりゃ、おまえなんてとっくにかたをつけてる。……日がしずむときだな。楽しみにしてるぜ」

カッターの死体が発見された場所を指定すればジャックがおびえるんじゃないかと思っていたが、大して効果《こうか》はなかったらしい。ジャックの顔にうかんだあの表情《ひょうじょう》。やつは勝つつもりだ。

たしかにジャックは手ごわい敵《てき》だ。それはみとめざるを得ない。ジャックはタフでしぶといし、誇《ほこ》り高く、力も強い。だが、一つ大きな弱点がある。育ちは貧《まず》しく粗野《そや》だが、根が善良《ぜんりょう》で、きたないことができないのだ。

ローランドはそれを利用するつもりだった。大通りのほうへもどりながら、ポケットにしのばせた鉄の棒《ぼう》にふれ、ニヤリとした。あぶない橋をわたるつもりはない。浮浪児《ふろうじ》などにやられてなるものか。どうしてリーダーが自分で、ジャックではないのか、よくわからせてやる。

ついでに、インドへ発《た》つ前に、ランドンの店の窓《まど》にレンガを投げてやろう。よけいな鼻をつっこむとどういうことになるか、デブの肉屋に思い知らせてやるのだ。

その日の夕方、丘《おか》の上まで行くと、わずかに残っている古い救貧院《きゅうひんいん》の塀《へい》のかげにジャックが立っているのが見えた。

ローランドはクスリと笑った。やつのことをかいかぶっていたかもしれない。正面から戦いをいどんでくると思っていたのに、あんなふうに物かげにかくれているとは。

ところが、さらに近づいていくと、前に見える人影《ひとかげ》がジャックのはずがないことに気づいた。なぜなら、ジャックは目の前の道ばたにたおれていたのだ。顔をハエが這《は》いまわっている。その顔は、死体で発見されたカッターと同じように、ゆがんでいた。

ローランドがおそるおそる近づいていくと、ハエがもわっと舞《ま》いあがり、壁《かべ》のそばに立っている男のほうへ飛んでいった。

その奇妙《きみょう》なシューシューというこすれるような音をきいて、だから〈ささやく男〉とよばれるようになったのだと気づいた。と同時に、暗い影《かげ》から男がこちらへ出てきた。

ローランドは上着のポケットから鉄の棒《ぼう》をとりだすと、頭の上でふりまわした。手にずしりとした重みを感じ、すこし心強くなった。こいつがだれにしろ、逃《に》げるものか。これまでの人生で一度も逃《に》げたことはないんだ。

「おれがビビってると思ってるだろ？」ローランドの声は細く、ふるえていた。

「だれだか知らないが、おまえの頭をかち割《わ》ってやる」

もうすこしで「だれ」ではなく「何」と言うところだった。こうしてあらためて見ると、ジャックが煙《けむり》のように見えたと言った意味がわかる。男というより、影《かげ》のようだ。いったいやつは何を着てるんだ？

〈ささやく男〉は、ローランドの言葉に足をとめた。

棒《ぼう》をもっているのに気づいて、こわくなったのかもしれないと思い、ローランドはもう一度鉄の棒《ぼう》をふりまわした。

すると相手はまた歩きだした。

その歩き方は、見かけと同様ひどく不自然だった。建築現場《けんちくげんば》の地面はでこぼこしていて、レンガのかけらがあちこちにちらばっているのに、まるでダンスホールの床《ゆか》をすべってくるようだ。

ささやくようなシューシューという音がぐんと大きくなった。

逃《に》げるが勝ちかもしれない、とローランドは思いはじめた。逃《に》げたところで、だれも見ていない。

しかし、ちょうどそう思ったとき、一匹《ぴき》の巨大《きょだい》なハエがまっすぐこちらへ向かって飛んできた。ローランドはもっていた棒《ぼう》ではたこうとして、あやうく自分の脳天《のうてん》をかち割《わ》りかけた。

すると一匹《ぴき》、また一匹《ぴき》と、ハエは次々おしよせてきた。

ローランドがようやくどういうことかわかったときは、すでにおぞましい運命は決まっていた。だが、わかったところで、ローランドの頭はどうしてもその事実を受けいれられなかった。

〈ささやく男〉は、たしかに形は男だが、形だけだった。その体はハエ、そう、数えきれないほどのハエでできていたのだ。ハエの羽のすれる音が、千の魂《たましい》がささやいているような絶え間《たま》ないシューシューという音の正体だったのだ。

ローランドは回れ右をして走りだした。

だが、ハエのほうが速かった。ハエはローランドの顔めがけて飛んでくると、生きたスカーフのように口や鼻をおおいつくし、息をつまらせた。

ローランドはぐっと口をとじ、ハエを入れまいとしたが、鼻までふさいでしまえば、息ができない。なんとか避《さ》けられぬ運命にあらがおうと、くちびるをほんのわずかだけ、ひらいた。

ハエたちはその機会をのがさなかった。

ハエはふたたび〈ささやく男〉のすがたにもどった。だが、さっきよりみだれている。統制《とうせい》を保《たも》っていた力を使いはたしたのかもしれない。

男のすがたをとった次の瞬間《しゅんかん》、単なるハエの大群《たいぐん》に変わり、フッと消えたかと思うと、また男にもどった。そして、ゆらゆらとゆらめいて、形がくずれ、すうっと薄《うす》くなって、今度こそ本当に消えた。そう、いるのは、ハエだけだった。

白いドレスの女が話しているあいだ、ぼくはすっかり夢中《むちゅう》になって、一語一句《いっく》ききもらさず、光景を思いうかべることだけに集中しきっていた。ぼくはその場にいた。〈ささやく男〉を見た。ハエの大群《たいぐん》を見た。おそろしい死を目撃《もくげき》した。

今度もまた、その出来事を見ていたのは、ぼくだけではないような気がした。視界《しかい》のはしをかすめるように、何かが見えたのだ。だが、そちらへ目を向けると、何もない――そんなぼんやりとかすんだ痕跡《こんせき》、影《かげ》のような蜃気楼《しんきろう》が。

物語が終わると、きいていただけなのに、とほうもない力とエネルギーを使いはたしたような気がした。

ヴァンパイアのように、女の物語はぼくの生気を吸《す》いつくした。

「今、何時ですか？」今では、どうせ女は答えないだろうと思っていたが、ぼくはたずねた。

「おそくなってきたわ」女は、時計を見ようともせずに言った。

外の景色が単色画のようになってきているのを見て、ぼくはショックを受けた。

青の濃淡《のうたん》だけでさっと描《か》いたスケッチのような風景のなかで、崖《がけ》の上のほんの一部だけがしずみゆく夕日に照らされていた。

「祖父《そふ》は心配するだろうな」ぼくはみじめな気持ちで言った。「ぼくの身に何かあったんじゃないかと思うでしょう。無事だと伝えられればいいのですが」

「おじいさま？」

「ええ。キングスクロス駅にむかえに来てくれることになっているんです。そこからいっしょにロンドンの中心のチャリングクロスまで行って、また別の列車に乗る予定です。というか、そのつもりでしたが、こんなにおくれたんじゃ、もっとおそい列車に乗らないと――」

「お孫さんの教育にそんなに関心をもってくださるなんて、いいおじいさまね」

「学費をはらっているのは祖父《そふ》なんです。祖父《そふ》は昔からぼくの教育に特別な関心をよせていました。学生時代に不幸な経験《けいけん》をして、心に深い傷《きず》を負ったせいで」

「まあ、そうなの？」

「祖父《そふ》が学んでいた学校で、ある少年がおそろしい事故《じこ》にまきこまれたんです」

「まあ、おそろしい。ぜひ、話して」

ぼくは、女の笑《え》みを無視《むし》して、あんな顔をしていられなくしてやろうと決めた。

「ええ、じつは、その少年はみずから命を絶《た》ったんです」

女は片方《かたほう》のまゆをあげたが、何も言わなかった。

「すみません、ショックをお受けになったかもしれませんね」そうであることを祈《いの》りながらぼくは言った。「残念ながら事実なのです。それどころか、もっとずっとおそろしいことがあるんです」

「続けて」

「学校の校長が関係しているんです。生徒たちにはモンティとよばれていました。本名はモンタギューといって――」

「モンティは何をしたの？」白いドレスの女はとちゅうでさえぎって、たずねた。

「その少年が、仲間から盗《ぬす》みを働いているといううわさを広めたんです。少年はもともとあまり好かれていなかったので、うわさが引き金になって、すぐに攻撃《こうげき》の的になり、こてんぱんになぐられました」

白いドレスの女にこれっぽっちもうろたえたようすがないので、ぼくは話の核《かく》心《しん》へ入ることにした。

「よくあることだと思われるかもしれませんね。男子生徒が、学校で仲間や教師《きょうし》になぐられるのは、めずらしいことではありませんから。でも、彼《かれ》の場合はちがいました。暴力《ぼうりょく》はいつまでも続き、しかも、盗《ぬす》みが起こるたびにますます悪質《あくしつ》になっていきました。それにもちろん、彼《かれ》が本当は無実だったということも考えなければなりません」

「無実だったの?」白いドレスの女は、どこかみょうな口調でたずねた。まるですでに答えを知っているようだった。

「ええ。それどころか、校長が――」

「モンタギューね」

「そうです」ぼくはじゃまされてムッとしながら、答えた。「盗《ぬす》みを働いていたのは、その校長だったんです。少年は潔白《けっぱく》だった」

「なのに、その少年は自殺した。校長の罪《つみ》が明るみに出る前に。そう？」

「ええ」どうしてぼくの物語を台なしにするんだ？　「祖父《そふ》は事件《じけん》にショックを受けて、自分の子どもや孫は決してそんな目にあわせないと誓《ちか》ったんです」

「おじいさまは罪《つみ》の意識《いしき》を感じてらっしゃったの？」白いドレスの女はほほえんだ。

「いったいどうして祖父《そふ》が罪《つみ》の意識《いしき》を感じる必要があるんです？」ぼくはそう言いかえしたが、じっさいぼく自身、何度も問いかけてきた疑問《ぎもん》だった。

「その不幸な少年をなぐって、自殺に追いこんだ生徒たちの一人だったから」

「そんなことをおっしゃるなんて、失礼じゃありませんか」

「でも、あなたも心のなかでは、ずっとそうではないかと思ってきた。ちがう？」

白いドレスの女は手をのばして、ぼくの手にふれた。

そのとたん、まるで夢《ゆめ》のなかにいるようにぼくは別の場所へ運ばれ、気がつくと、見たこともない部屋にいた。

けれど、やはり夢《ゆめ》でよくあるように、ぼくは自分がどこにいるか、ちゃんとわかっていた。

ぼくは学校の寮《りょう》のはしに立って、ずらりとならんだベッドの先で、何人かの少年たちが一人の少年の前に群《むら》がっているのを見ていた。

少年は懸命《けんめい》に無実を訴《うった》えている。

すると、おおぜいのなかから一人が進み出て、少年の腹《はら》を思いきりなぐりつけた。

少年はうめき声をあげて床《ゆか》にくずれおちたが、なぐった少年を先頭に、少年たちはよってたかって、たおれた少年をけとばしたりふみつけたりしはじめた。

年とってからしか見たことがないが、先頭に立っている少年が祖父《そふ》だと、ぼくははっきりわかった。

「どうやって?」幻《まぼろし》が消え、気がつくとまた客車のなかにいた。ぼくはようやくそれだけたずねた。

「あなたにも啓示《けいじ》の瞬間《しゅんかん》がおとずれた。それだけのことよ」白いドレスの女は言った。「だけど、もう本当に寝《ね》たほうがいいわ。とても疲《つか》れた顔をしているもの」

もはや疲《つか》れは限界《げんかい》を超《こ》えていた。起きているというより寝《ね》ているのに近く、夢遊病者《むゆうびょうしゃ》のような状態《じょうたい》だった。もしやこれは全部——白いドレスの女も、列車の旅も、眠《ねむ》っている乗客もすべて——が夢《ゆめ》の一部であって、ぼくはまだベッドのなかにいるのではないか?

「もう一つ、物語を話していただけませんか?」ぼくはたのんだ。というのも、とにかく何か意識《いしき》を集中させるものがほしかったのだ。夢《ゆめ》だろうと夢《ゆめ》じゃなかろうと、一つ確信《かくしん》に近い思いがあった。底なしの闇《やみ》のようにぼくを待ちうけている深いまどろみに、落ちてはいけない、と。

# A Crack in the Wall

# 壁《かべ》の割《わ》れ目《め》

フィリップは、自分の寝室《しんしつ》になる予定のがらんとした広い部屋に母親と立っていた。

屋根裏部屋《やねうらべや》なので、ななめになった天井《てんじょう》の低いほうは、ほとんど床《ゆか》につきそうだ。

屋根窓《やねまど》から、三日月形にならんだ桜並木《さくらなみき》が見える。

「まあまあ、なんてこと？」母親は両手をパタパタとせわしく打ちあわせながら言った。「この壁紙《かべがみ》ははがさなきゃ。ごらんなさい、あのぞっとするような黄色のしみ！　あれだけでも、頭がどうかなりそう。すぐにベンソンたちにはがしてもらいましょう」

フィリップはこの壁紙《かべがみ》はなかなかいいと思っていたけれど、家の内装《ないそう》には口を出さないほうがいいのはわかっていた。それは母親の領域《りょういき》なのだ。

じっさい、母親の内装《ないそう》へのこだわりは相当なもので、フィリップの父親は、チェルシーにあるこの新しい家に引《ひ》っ越《こ》してきたのは、母親が前の家ではやりたいことをやりつくしてしまったからだと、一度ならず言っていた。

フィリップの記憶《きおく》にあるかぎり、家にはいつもインテリア・デザイナーが引きも切らず出入りしていたし、流行の最先端《さいせんたん》をいくつぼやら敷物《しきもの》やら家具がとどけられ、入れかわりで、引き取り業者が前の年の流行のものを運び出していった。

フィリップは引《ひ》っ越《こ》しに反対だったけれど、それでも今度の新しい家が前の家よりずっとりっぱだということはみとめないわけにはいかなかった。大きくぜいたくな造《つく》りで、場所もずっといい地区にある。そして何よりも、フィリップ自身の部屋もずっと広くてりっぱだった。

というわけで、さっそく職人《しょくにん》がよばれ、フィリップの部屋の黄色い壁紙《かべがみ》をはがし、母親の選んだものに貼《は》りかえることになった。

ベンソンは背《せ》の高いがっしりした体格《たいかく》の男で、髪《かみ》は短く刈《か》りこみ、幅広《はばひろ》のがっちりした顔に小さな鋭《するど》い目をしていた。

ベンソンにはトミーという弟子《でし》がいた。フィリップが見たところ十五歳《さい》かそこらで、大きくつきでた耳の目立つ、ひょろっとした少年だ。しゃべる前にちょっとせきこむくせがあった。

ベンソンは「はい、奥《おく》さま」「もちろんですとも、奥《おく》さま」といちいち大げさな返事をしたが、見ていれば、へつらうような態度《たいど》がもともとの性分《しょうぶん》でないのはすぐわかった。フィリップは、ベンソンの口元にうかんだあいそ笑いが、母親が背《せ》を向けたとたんに消えるのに気づいていたし、母親のとっぴな要求にあきれたように目をぐるりとまわしているのも何度か見た。

作業のあいだ、フィリップは客用の部屋で寝《ね》なければならなかった。そこはすでに内装《ないそう》を終え、かなりぞっとする女っぽい飾《かざ》りつけがほどこされていた。置物や飾《かざ》りの類《たぐい》が置かれていない場所は一つとしてない。

しかし、陶器《とうき》の花びんや孔雀《くじゃく》の羽根がいやだからといって、ほかに部屋もないので、結果として、一刻《いっこく》も早く屋根裏《やねうら》部屋の内装《ないそう》が終わることがフィリップのいちばんの関心事となった。

毎朝、顔を洗《あら》って着がえ、朝食を終えると、フィリップはすぐに屋根裏《やねうら》部屋へ行って、部屋の入口から、職人《しょくにん》たちが壁紙《かべがみ》をはがして、修理《しゅうり》や改装《かいそう》にとりかかるようすをじっとながめていた。

最初は、ベンソンもトミーもフィリップを歓迎《かんげい》して、きげんよくあいさつし、ベンソンはフィリップの髪《かみ》をくしゃっとして、ウィンクしてくれた。けれども、それが続くと、だんだんとにこやかさは消え、最終的にはかなりよそよそしくなった。

フィリップは進みがおそいことにがっかりして、いらだちをかくさなかったし、ベンソンはベンソンでつねに見張《みは》られていることに腹《はら》を立てていた。

ベンソンはフィリップをおどかして追いはらおうとしたが、フィリップのほうもかんたんには言いなりにならなかった。

ベンソンが時おりフィリップに向ける目を見れば、横っつらを思いきり引っぱたいて、のしてやりたいと思っているのがありありとわかった。じっさい、ベンソンがドジをふんだトミーをなぐりたおしているのを一度見たことがある。

けれども、フィリップは入口で見張《みは》るのをやめなかった。じゃまになることはしないよう、細心の注意さえはらっていれば、ベンソンが文句《もんく》を言ったり手を出したりできないことは、わかりすぎるほどわかっていた。


「いったいなんなんだ――?」ある晴れた朝、トミーが言った。

屋根窓《やねまど》から金色の光がさしこみ、むきだしになった床板《ゆかいた》を照らしていた。

「どうした、トミー?」ベンソンはきいた。

「ここの割《わ》れ目《め》が……」トミーはがっくりして言った。「埋《う》めようとしていろんなものを入れてみたんですが、くっつかねえんです。何をつめても、ポンと出てきて、床《ゆか》に落っこっちまうんですよ。これ以上、どうすりゃいいのか……」

「そんなことでカッカするんじゃない」ベンソンはやさしく少年の肩《かた》をたたいた。

「おれにまかせとけ、充塡剤《じゅうてんざい》に水を入れすぎてんだろう。じゃなきゃ、水が足りねえか、どっちかだ。おれがやってやる。おまえがやることはほかにも山ほどあるからな」

フィリップはドアのところから見ていた。

ベンソンはそれに気づくと、片目《かため》をつむってみせた。

今日はきげんがいいみたいだな、とフィリップは思った。

ベンソンは小さなパレットに充塡剤《じゅうてんざい》をのせ、陽気な曲を口笛でふきながらまぜあわせて、壁《かべ》の割《わ》れ目《め》を埋《う》めた。

フィリップはよく見ようと前へ出た。

「さあ、できた！」ベンソンは言った。「なかなかでしょうが、ね、ぼっちゃん？」

「前みたいに落ちることはないの？」フィリップはたずねた。

「落ちる？」ベンソンはフンと鼻を鳴らした。「三十年以上もやってりゃあ、漆《しっ》喰《くい》のひびを埋《う》めるやり方くらい、わかってますよ」

「ごめんなさい」相手をおこらせたのに気づいて、フィリップはあやまった。

「かまいませんよ。わたしはね、自分のやってることに誇《ほこ》りをもってるんです」

フィリップはうなずいた。

「最近のインチキな連中みたいに、たっぷりぬりたくるのはかんたんなんです。ですがね、古い教会やお屋敷《やしき》やなんかで、見たことがありませんかい？　ああいうところで、職人《しょくにん》の技《わざ》を見てみなせえ。今じゃ、ああはいかねえ。はっきり言わせてもらえば、今の若《わか》いもんには忍耐《にんたい》が足りないんです」

「トミーとか？」

ベンソンは顔をしかめて、フィリップをじろりと見た。

「トミーはよくやってる。トミーのことを言ってるんじゃあ、ありません。やつは精《せい》いっぱいがんばってる。やつはいろいろつらい人生を送ってきたんです。だからって、やつが文句《もんく》を言ってるのをきいたことはないでしょうがね」

またもやベンソンをおこらせたのはわかったが、理由ははっきりとはわからなかった。

「ごめんなさい」フィリップはふたたびあやまった。

「ぼっちゃんは、あやまるのが得意みたいですね」ベンソンは顔は笑っていたが、目は冷たかった。

昼食のあとに屋根裏《やねうら》にもどって、戸口からなかをのぞくと、さっきまでの上機嫌《じょうきげん》なベンソンは消えていた。

ベンソンは床《ゆか》にすわりこんでいた。また割《わ》れ目《め》がもとにもどっていたのだ。

「信じられねえ……」ベンソンは、床《ゆか》に落ちている充填剤《じゅうてんざい》の大きなかけらをひろいあげた。

「おれんときも、そうだったんです」トミーが言った。

「こんなこと、ありえねえ」ベンソンは立ちあがると、腹《はら》だたしげに割《わ》れ目《め》をのぞきこんだ。「まるで何かが充填剤《じゅうてんざい》をおしだしたみてえだ」

「どうしましょう？　やっても、また落ちるかもしれませんよね？」

ベンソンはため息をついて、うなずいた。

「たしかにそうだな」ベンソンは言って、まわりを見まわした。

フィリップはあわててかくれた。見られたかもしれないと思ったが、ベンソンはいちおう確認《かくにん》しただけだった。

「トミーよ、こうすりゃいいんだ」ベンソンは言って、トミーを引きよせた。

「上から壁紙《かべがみ》をかぶせちまえば」

「壁紙《かべがみ》を？」トミーの声にはわずかに責《せ》めるような響《ひび》きがあった。

「そうだ」ベンソンは、さっきよりもやや強い口調で言った。「ここのお高くとまった金持ちどもには、わかりゃしねえさ。だろ？　でかい絵でも上に飾《かざ》っちまえば、問題があったなんてわからねえ。それにもし見つかったとしても、陥没《かんぼつ》とかそういったもんがなかったなんて、言いきれないだろ?」

「陥没《かんぼつ》?」トミーはくりかえした。

「ああそうだ」ベンソンはトミーの髪《かみ》をくしゃっとした。「このあたりじゃ、よくあるんだ。ほら、川だろ。湿《しめ》った粘土《ねんど》とかそういうやつさ。明日の朝一番に、壁紙《かべがみ》を貼《は》っちまおう。だれかに見つかって、また埋《う》めるはめにならねえうちにな!」

フィリップは、近ごろのインチキな職人技《しょくにんわざ》についてベンソンがとうとうと語っていたことを思い出して、ニヤリとした。とんだ詐欺師《さぎし》だ。大人がえらそうなことを言って、自分で自分の首をしめるところを見るのは、まんざらでもなかった。

フィリップはその楽しみをゆっくり味わった——が、すぐに職人《しょくにん》たちの足音がこちらへ向かってくるのがきこえ、物音をたてないようにあわてて逃《に》げだした。

フィリップはだれもいなくなった部屋に立って、ここは自分の部屋だと思おうとした。内装《ないそう》が完成すれば自分の部屋になるのはわかっていたし、じっさい、もう自分の部屋も同然なのに、どうしてもそういう気がしなかった。

家具がなく、壁紙《かべがみ》もじゅうたんもはがされた部屋は、持ち主になる人間があらわれるのを待っている空っぽの船のようだった。

フィリップはのろのろと部屋を一周して、部屋のいろいろな部分を頭に入れようとした。そしてふりかえると、職人《しょくにん》たちを手こずらせていた壁《かべ》の割《わ》れ目《め》が目に入った。

フィリップはためらいながらそちらへ近づいた。

床板《ゆかいた》が物悲しげな音を立てた。

壁《かべ》の三十センチほど手前でいったん立ちどまり、背《せ》を向けて立ち去りたい衝動《しょうどう》をぐっとおさえると、身を乗りだして、割《わ》れ目《め》をのぞいてみた。

何か入っている。

指をつっこもうとしたが、幅《はば》がせまくて入らない。後ろを見ると、ドアのところにベンソンが置いていった釘《くぎ》の袋《ふくろ》が見えたので、一本とりだして、割《わ》れ目《め》にもどった。

釘《くぎ》の先でゴソゴソとさぐると、小さく折りたたまれたものが出てきた。最初は紙かと思ったが、ひらいてみると、どうやら羊皮紙らしい。

羊皮紙には、奇妙《きみょう》なしるしや記号がびっしり書きこまれていた。下のほうに文章らしきものもある。だが、言語も文字もフィリップにはわからないものだった。どうして壁《かべ》の割《わ》れ目《め》に羊皮紙が入っているのか、見当もつかなかったが、謎《なぞ》なら大好きだ。

そのとき、何かが動いたのが見えたような気がして、フィリップは顔をあげた。はっきりとした感覚があったけれど、最初、どのあたりで動いたのかまったくわからなかった。

もう一度身を乗りだして、割《わ》れ目《め》のぎざぎざになった縁《ふち》にまつげがこすれるほど目を近づけた。

気のせいか？　いいや、ちがう。たしかに見えた。何かある。

目がじょじょに薄暗《うすくら》がりに慣《な》れてくると、割《わ》れ目《め》の向こうに、もう一つ別の部屋があるのが見えた。奥《おく》の壁《かべ》まではっきりと見える。今、フィリップがいる部屋と、鏡のようにそっくりの部屋だった。

だが、じっさい、目の前にあるにもかかわらず、頭はありえないと告げていた。いったん後ろにさがって、どういうことか考えてみたが、いい説明はうかばない。

フィリップの部屋は、家のいちばんはしにある。つまり、割《わ》れ目《め》があるこの壁《かべ》は、家の外壁《がいへき》だ。家は一戸建てで、となりには何もない。大きなスズカケノキの木かげに立っている馬車置き小屋へ行く小道があるだけだ。

フィリップが相いれない現実《げんじつ》のはざまで困惑《こんわく》しきっていたまさにそのとき、何かが割《わ》れ目《め》の向こうを通りすぎた。

フィリップは一瞬《いっしゅん》ためらったが、おそるおそる身を乗りだして、もう一度のぞいてみた。

あいかわらず部屋はそこにあるが、動いているものはない。

フィリップは前へ出て、壁《かべ》に顔をおしつけると、目を細めて割《わ》れ目《め》のなかをのぞいた。

よく調べれば、幻覚《げんかく》だとわかるはずだ。単なる気の迷《まよ》いだったとはっきりするのを期待していたのに、じっさいはむしろ逆《ぎゃく》だった。どんなにありえないように思えても、壁《かべ》の向こうに部屋があり、しかも、だれかいるのがはっきりと見えた。

部屋の奥《おく》に、黒い服を着た背《せ》の高いやせた男が、こちらに背《せ》を向けて立っている。おまけに、見ようによっては、男も部屋の奥《おく》の壁《かべ》にある割《わ》れ目《め》を調べているように見える。

フィリップは息をのんだ。

すると、その音に気づいて、黒い服の男はためらいがちにゆっくりとこちらをふりかえった。

フィリップの心臓《しんぞう》が、素手《すで》のボクサーのように激《はげ》しく肋骨《ろっこつ》をたたいている。でも、フィリップは目をはなせなかった。

男はこちらを向いたが、顔立ちまではよく見えなかった。上半身が影《かげ》に包まれている。でも影《かげ》を落としているものが何かはわからない。まるで男自身が影《かげ》を連れているようだ。

男は背《せ》をすっとのばして、耳をかたむけるように首をわずかにかしげ、手をヒクヒクさせた。そしてふいに、しっかりした足どりでフィリップのほうへ歩いてきた。

フィリップは、はじかれたように壁《かべ》からはなれたが、後ろにさがったひょうしにだれかにぶつかって、悲鳴をあげてしまった。

「いったい、なんのまねだ？」後ろから声がした。

フィリップは壁《かべ》を指さしたが、説明しようにも、言いたいことが言葉にならない。

「あ、あ、あそこに、だ、だれかいる！」ようやくフィリップはさけんだ。

トミーがバカにしたようにフンと笑った。

「どこに？」ベンソンが言った。「いったいなんの話です？　だいじょうぶかね、ぼっちゃん？」

「壁《かべ》の向こう側だ」ベンソンが来たことですこし心強くなって、フィリップは言った。「割《わ》れ目《め》の向こうにいる」

ベンソンは床《ゆか》を見て、フィリップが羊皮紙を引っぱりだしたときに落ちた漆喰《しっくい》のかけらに気づいた。

「よけいなお世話ですよ」ベンソンは冷ややかに言った。「これ以上、割《わ》れ目《め》はいらないんですよ。よけいな手出しをしないでください。おもしろいいたずらだと思ってるんでしょう、わたしらのような哀《あわ》れな人間の仕事をちょいとふやして？」

「でも向こう側に……」

「この壁《かべ》の向こう側には、ロンドンのくさい空気以外なんにもありゃしません」

ベンソンはムスッとして言った。「トミー、のりをまぜて、壁紙《かべがみ》をとってこい。さっさと始めよう。ぼっちゃんが部屋を、ぶっこわしちまう前にね」

「先にこの穴《あな》をふさがなくていいの？」フィリップは言った。

ベンソンは大きな手でフィリップの肩《かた》をがっしりつかむと、有無《うむ》を言わせず部屋の外へ連れだした。

「遊んでらっしゃい。わたしらは仕事をしますから。そう、いいぼっちゃんだ！」

そして、フィリップの背中《せなか》を――かなり強い力で――おした。それから、部屋へもどっていった。

フィリップの母親は、息子《むすこ》があんなに楽しみにしていた部屋で寝《ね》るのはいやだと言いだしたので、面食《めんく》らってしまった。フィリップは、あれだけ文句《もんく》を言っていた客用の部屋でこれからも寝《ね》ると言いはった。

しかも、この家は幽霊《ゆうれい》が出るからできるだけ早く引《ひ》っ越《こ》そうとまで言うので、母親はうんざりした。壁《かべ》の割《わ》れ目《め》と、その向こうに見えたという部屋のバカげた話をきくにつれ、母親のため息もふえていった。

フィリップの母親はつねづね、子どものゆたかすぎる想像力《そうぞうりょく》は危険《きけん》だと思っていて、夫は、子どもには想像力《そうぞうりょく》が必要なんだと妻《つま》を説得するのに、かなりの努力を要した。やがて息子《むすこ》が、ある意味すっきりするほど想像力《そうぞうりょく》がないタイプだとわかると、母親は胸《むね》をなでおろしたほどだ。だからこそ、今回のフィリップの変わりようは、不愉快《ふゆかい》きわまりなかった。

フィリップの父親は、部屋を変えればそれですむじゃないかと言った。フィリップが屋根裏《やねうら》部屋がいやなら、あそこを客用の寝室《しんしつ》にすればいい。フィリップは今の部屋をそのまま使い、内装《ないそう》をもっとフィリップにふさわしいものに変えればいいのだ。

父親が指摘《してき》したとおり、フィリップの寝室《しんしつ》になるはずだった部屋のほうが広いので、なんの問題もなかった。

フィリップはもう、ベンソンとトミーが働いている部屋の前では立ちどまらずに、そそくさと通りすぎるようになった。おそろしい壁《かべ》と忌《い》まわしい割《わ》れ目《め》を見たくなかったし、ベンソンに何か言われるのも、ごめんだった。

ベンソンはあきらかに、フィリップがびくびくしているのをおもしろがっていた。

そのうちベンソンが寝室《しんしつ》にドアをとりつけたので、作業のようすは見えなくなった。

フィリップはときどき廊下《ろうか》で立ちどまって、ドアの下からもれてくる光をじっと見つめていた。

フィリップや雇《やと》い主《ぬし》の目がなくなると、寝室《しんしつ》の内装《ないそう》はすぐに終わり、ベンソンとトミーは、フィリップの母親の指示《しじ》にしたがって、玄関《げんかん》ホールと階段《かいだん》の作業にうつった。

ベンソンたちが部屋から道具を運び出し、次の場所へ行くのを、フィリップは二階の廊下《ろうか》に立って見ていた。

トミーはフィリップにウィンクをした。

ドアはあいたままになっていたので、フィリップは一瞬《いっしゅん》ためらったものの、好《こう》奇心《きしん》が恐怖《きょうふ》に勝《まさ》り、屋根裏《やねうら》部屋へ入った。

フィリップは新しく壁紙《かべがみ》を貼《は》り、ペンキをぬりなおした部屋に立った。

さしこむ日の光が、ほこりでできた銀河系《ぎんがけい》を照らしている。

部屋はみごとな変身をとげ、最初に見たときとはまったく別の部屋のようだった。

壁紙《かべがみ》の下にまだ例の割《わ》れ目《め》があることはわかっているが、なぜかそんな気がしない。割《わ》れ目《め》なんて最初からなかったように思え、その向こうの部屋も、謎《なぞ》の住人も、もともと存在《そんざい》していなかったような気がする。すべての出来事は、気の迷《まよ》いであり、想像《そうぞう》の世界に生じた裂《さ》け目《め》であったかのようだった。

それでもまだこの部屋で寝《ね》たくはないが、ただなかに立っているだけなら、自分でもびっくりするくらいなんてことはなかった。

部屋に対する恐怖《きょうふ》を克服《こくふく》できたのがうれしくて、フィリップは思わずニヤリとした。

そのとき、バタンと後ろでドアがしまった。

フィリップは駆《か》けよって、あけようとした。ドアノブをまわそうとしたが、まるで反対側からだれかがおさえているみたいに、びくともしない。

「ベンソンさん!」フィリップはさけんだ。相手はベンソンにちがいないと思ったのだ。「お願いです、出してください!」

返事はなかった。フィリップはもう一度ドアを引っぱったが、むだだった。

「トミー！　きみかい？　出してくれよ。お願いだ！」フィリップはさけんだ。

やはり返事はない。

フィリップは大きく息を吸《す》いこむと、できるだけ音をたてないようにした。だれだか知らないが、そうすれば、フィリップがあきらめたと思って、手を放すかもしれない。

それから、不意をついてドアノブを引っぱろうとした、まさにそのとき、後ろから物音がした。

最初は、どこから音がきこえるのかわからなかった。音の正体はわからないが、何かが動いているような音だ。

でも、どこを？　部屋にはだれもいないのに？

フィリップはもう一度ノブをまわしてみたが、やはり動かなかった。

大きな声でさけんだが、だれもこない。音はどんどん大きくなってきた。床下《ゆかした》か屋根裏《やねうら》にネズミでもいるのだろうか？　でも、そう思ったとたん、そうではないと打ち消した。ネズミが走りまわる音ではない。もっと――何かをズルズル引きずるような音だ。

そのとき、見えた。目に見えるかどうかというわずかな動きだが、視界《しかい》のはしに何かがちらりと映《うつ》ったのだ。

フィリップは正体を見きわめようと目を凝《こ》らした。だが、壁《かべ》と壁紙《かべがみ》以外、何もない。すると、また何かが動いた。

壁紙《かべがみ》の下に何かいる。動きをとらえるのはむずかしいが、まちがいない。壁紙《かべがみ》の模様《もよう》が小さく波打っているのがはっきりとわかる。しかも、動いている。壁《かべ》にそってすばやく移動《いどう》していく。

フィリップは壁紙《かべがみ》の下を泳ぐように進んでいくものを見つめた。模様《もよう》のうねるさまにうっとりと見入り、恐怖《きょうふ》を感じつつも催眠術《さいみんじゅつ》にかかったように、目に見えない未知のものに心を奪《うば》われ、かたずを飲んで見守った。

いったいあれはなんだ?

不思議に思いながらも、頭のどこかで、壁《かべ》の割《わ》れ目《め》の向こうのだれだか知らないあの男と関係していることはわかっていた。

果たして、うねりは例の場所を中心にしてぐるぐるまわりはじめた。まわるごとに輪をちぢめていって、最後には一カ所でヒクヒクとふるえるだけになった。大きさも形も、その下のぎざぎざの割《わ》れ目《め》とまったく同じだ。

フィリップは、二つに引き裂《ひさ》かれるような気がした。

体は逃《に》げたがっている——少なくとも、部屋のいちばん遠いすみまで走っていって、正体不明のものからはなれようとしている。筋肉組織《きんにくそしき》は本能的《ほんのうてき》に、フィリップを危険《きけん》から遠ざけなければならないとわかっているようだ。フィリップの脳《のう》もまた、恐怖《きょうふ》のあまりメリメリと今にもひび割《わ》れそうな音を立てていた。

にもかかわらず、何か別のものがフィリップをその場に釘《くぎ》づけにしていた。体のどこか別の場所が、好奇心《こうきしん》と強烈《きょうれつ》な欲望《よくぼう》で脈打っている。体の細胞《さいぼう》という細胞《さいぼう》が——いらだった神経《しんけい》という神経《しんけい》が、逃《に》げろと言っているのに、壁紙《かべがみ》の模様《もよう》の後ろに感じる力を知りたいという渇望《かつぼう》はおさえがたかった。

フィリップは手をのばして、壁紙《かべがみ》にふれた。

うねりは、紙を貼《は》ったときに残った、よくある気泡《きほう》のようだった。

フィリップはふくらんだところを爪《つめ》でつまむと、ビリビリと引《ひ》き裂《さ》き、壁紙《かべがみ》の切れはしを床《ゆか》に落とした。

フィリップはドキドキしながら身を乗りだした。

壁《かべ》の割《わ》れ目《め》は、前のように暗くはなく、奇妙《きみょう》な青い光を発している。

フィリップは、その光に引きよせられるような気がした。

割《わ》れ目《め》をのぞくと、また例の部屋が見えた。ぼんやりとした青い光に包まれている。光は、フィリップの見ひらいた目を照らした。

今回は、部屋にはだれもいないようだった。

フィリップがいるほうの部屋から家具をとりさり、ぼろぼろに、みすぼらしくしたみたいに見える。

するとつぜん、あの男がやってきた。割《わ》れ目《め》がさえぎられて見えなくなり、かわりにフィリップの目のわずか数センチ先に男の血走った目があらわれた。

フィリップは撃《う》たれたようにあとずさってしりもちをつき、部屋の反対側まで這《は》いもどった。

そこからふりかえって裂《さ》いた壁紙《かべがみ》を見ると、割《わ》れ目《め》はまた暗くなっていて、傷口《きずぐち》のように深く黒々としていた。

ドアノブがガチャガチャと鳴って、ドアがいきおいよくひらいた。フィリップは悲鳴をあげた。

ベンソンが部屋に入ってきた。

「今度は何をたくらんでるんです、え？」ベンソンは身を乗りだした。息がビールくさい。

「なんでもないよ。見てただけだ」フィリップは言った。

「この部屋がこわいんだと思ってましたがね？」ベンソンは下品な笑いをうかべ

た。「幽霊《ゆうれい》が出るとかなんとか言ってませんでしたかい？」

フィリップは部屋の奥《おく》へ目をやった。

ベンソンはその視線《しせん》を追い、壁紙《かべがみ》が裂《さ》けているのに気づいて、小声で悪態《あくたい》をついた。

「とっととどこかへ遊びに行ったらどうです？」ベンソンはかみしめた歯のあいだから言った。「わたしの仕事をふやすよりましなことはないんですか？　さぞかし気のきいた冗談《じょうだん》だと思ってるんでしょうね？　さあ、さっさと出ていかねえと――」

ベンソンは手をふりあげた。

フィリップは思わず身をすくめたが、なぐられはしなかった。

すこし酔《よ》っているかもしれないが、ベンソンはバカではなかった。

そのすきにフィリップはあわてて立ちあがり、じっとベンソンをにらみつけた。

にわかに、この男に対する憎《にく》しみがこみあげてきた。なんてやつだ。けだものめ。

いばり散らしやがって。一度痛《いた》い目にあわせてやる。

するとベンソンがふいに恐怖《きょうふ》で目を見ひらき、両手を広げて、あとずさった。そしてブツブツとなにやらつぶやいたかと思うと、ほほを涙《なみだ》が伝い落ちた。まるで大きな赤んぼうみたいだ。

フィリップは思わずふきだし、ベンソンを追うように廊下《ろうか》へ出た。階段《かいだん》の上まで行くと、ベンソンは急に落ちついたようだった。そして手すりに腰《こし》かけ、まず片足《かたあし》をもちあげると、もう片方《かたほう》ももちあげて手すりを乗りこえ、最後にもう一度フィリップを見てから、そのまま前のめりになって、頭から下の大理石の床《ゆか》へ落ちていった。

ベンソンの頭が大理石にぶつかる音は、これまできいたどんな音とも似《に》ていなかった。

そのあとすぐにトミーのさけび声がきこえ、小間使いのヒステリックな悲鳴があがった。

飛びおりる直前、ベンソンの顔はまるで「やらなきゃだめか？」ときいているようだった。自由な意思を奪《うば》われ、したがうよりほかにない人間の表情《ひょうじょう》だった。あるいは、言うことをきくようさんざんなぐられた犬の顔。そしてそれは、フィリップにある種の快感《かいかん》をもたらした。

一階のさわぎはますます大きくなり、廊下《ろうか》を行ったり来たりする足音が響《ひび》きわたった。

だれかが階段《かいだん》をあがってくる音がしたが、またすぐに引きかえしていった。かかわる必要は感じなかった。そもそも最初からベンソンのことは好きではなかったのだ。

するとふいに頭のなかがズキンとした。痛《いた》みとはちがう。仮《かり》に痛《いた》みだとしても、奇妙《きみょう》な、むしろ快感《かいかん》に近い痛《いた》みで、耳がポンポンとはじけるような感覚だった。

フィリップは部屋へもどって、洋服ダンスの鏡を見た。

顔がどこかちがって見える。何とははっきり言えないが、何かが微妙《びみょう》にちがう。

気持ちのほうも、何かちがう気がした。でもやはり、言葉にしようとしても、うまく言えない。具合が悪いわけではないが、おかしな気分だ。いきなり今まで体のなかに入っていたものが、入りきらなくなったような感じだった。自分の体が、きゅうくつに感じる。

フィリップははっきり感じた。体のなかに、自分以外の何かが、何者かが、いる。

しかし、体のなかに寄生《きせい》しているものに対して恐怖《きょうふ》を感じるかわりに、不思議な〝全《まった》き感覚〟がわいてきた。

フィリップはその存在《そんざい》を喜んで受けいれた――いや、そんな程度《ていど》ではない。むしろみずから欲《ほっ》していた。そう、欲《ほっ》していたのだ。世界じゅうの何よりも。

# トンネルの入口

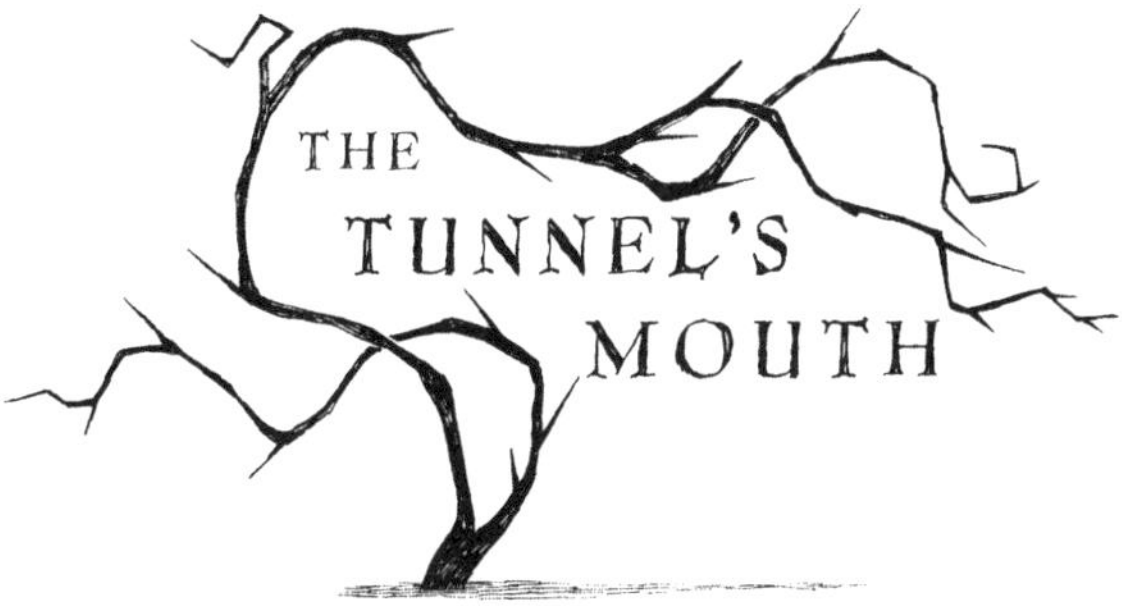

物語が終わると、ぼくはがっくりとわきへたおれこんだ。巨大《きょだい》な獣《けもの》のかぎ爪《づめ》につかまれていたかのように——とざされた墓《はか》からとびだしてきて、あの不幸な兄弟を爪《つめ》にかけた怪物《かいぶつ》に。だが、墓《はか》の怪物《かいぶつ》とはちがい、頭のなかの怪物《かいぶつ》はぼくを放した。

またもや、望んでもいないのに、物語の光景がありありとうかんだ。影《かげ》に包まれた男が壁《かべ》の割《わ》れ目《め》に近づいてくるところや、頭がぱっかりと割《わ》れたベンソンが自分の血の海のなかに横たわっているところがはっきりと見えた。そして今度もまた、視界《しかい》のすぐ外にひそむゆらめく影《かげ》を見たのだ。

白いドレスの女の物語をきかずにはいられない気持ちがあるいっぽうで、これ以上きく力があるのか、ぼくは不安になった。物語を一つきくごとに、ぼくのエネルギーは吸《す》いとられ、今や目をあけているだけで精《せい》いっぱいだった。

とくに最後の物語がもたらした奇妙《きみょう》な感覚は、いつまでも残っていて、ぼくはどうしてもその妄想《もうそう》からのがれることができなかった。

少年の体を奪《うば》った悪魔《あくま》のイメージがつきまとい、目をとじたら最後、そのおそろしい部屋で目をさますことになるような気がする。

外はますます暗くなり、夜の冷気が窓《まど》ガラスや車両の壁《かべ》からしみいるように入りこんできた。

冷気にふれ、ぼくはブルッとふるえた。

空から光がみるみる流れ出ていくように見える。夜がおとずれたのだ。

白いドレスの女は座席《ざせき》によりかかって、あいかわらず不可解《ふかかい》なまなざしでじっとぼくを見つめている。疲《つか》れた目に映《うつ》る女のすがたがじょじょにぼやけ、車両の窓《まど》に映《うつ》っている彼女《かのじょ》の影《かげ》と同じくらいかすんで見えた。

ぼくは脳《のう》を刺激《しげき》し、痛《いた》めつけて、なんとかもっとはっきりさせようとした。いったいどのくらいここにすわっているのだろう？　ほかの乗客は、いったいいつまで眠《ねむ》っているのだろう？

ぼくは司教の腕《うで》をたたいてみた。反応《はんのう》はない。

「すみません」ぼくは声をかけた。

それでも司教は眠《ねむ》りつづけている。

ぼくは思いきってグイとおしてみた。

なんの反応《はんのう》もない。

パンッと大きな音で手をたたいた。

だが、眠《ねむ》っている男たちは、だれ一人ピクリともしない。

白いドレスの女がほほえんだ。

おそろしい考えが頭をよぎった。このあやしい女が、乗客に薬を盛《も》ったのかもしれない。そうでないとしても、何かぼくの知らない方法で、手をくだしたのだ。

さっき女にも話した音楽ホールで、ある男が、催眠術《さいみんじゅつ》とよばれる、おどろくべき魔法《まほう》の技《わざ》をおこなうのを見た。男の名はメスメロといって、ぎらぎらしたスポットライトを浴びて舞台《ぶたい》のふちに立ち、まばたきもせずに客席を見つめていた。そして、ほとんど超自然的《ちょうしぜんてき》とよぶのにふさわしい力を使って、観客に次々とおかしなふるまいをさせたのだ。

観客は犬の鳴きまねをしたり、かんしゃくを起こした子どものように床《ゆか》の上を転げまわったり、酔《よ》っぱらった船員みたいにはしゃいだりした。ぼくたちの仲間の一人は、舞台《ぶたい》の上によばれたとたん、たちまち眠《ねむ》りこんだ。

白いドレスの女にも、同じような力があって、ぼくたちに催眠術《さいみんじゅつ》をかけたのかもしれない。

それどころか、人殺しだとしてもおかしくない。女の人殺しもいるのだから。何か手を使って、ぼくたち一人ひとりに毒を盛《も》ったのかもしれない。ぼくは若《わか》いから、ほかの年よりの乗客にくらべて、抵抗力《ていこうりょく》が強いだけなのかもしれない。彼《かれ》らはすでにその毒の力に負けてしまったのだろうか？　毒のおそろしい力は頂点《ちょうてん》に達してしまったのだろうか。

考えたくもなかったが、そう考えれば、女があくまで名乗ろうとしないことにも説明がつくし、一風変わったふるまいもある程度《ていど》は理解《りかい》できる。

「何かやっかいなことが起こったようですね」ぼくは、女から目をはなさずに言った。

ドアまでたどりつく力はあるだろうか？　医師《いし》のカバンを使えば、ガラスを割《わ》れるかもしれない。そうすれば反対側からあけられるかもしれない。

「あらそう？」女はつぶやくように言った。

「ええ。ここにいる人たちがこんなに長いあいだぐっすり眠《ねむ》っているのは、どう考えてもふつうではありません」

ぼくは手をたたいて、足をドタドタとふみならした。

「ほらね？　何をしても起きない！」さけんだ声がかすれた。

あきらかに責《せ》める口調になっていたが、それをかくす気はなかった。ただだまってすわって、女の毒牙《どくが》にかかるつもりはない。ぼくは、父さんの息子《むすこ》なのだ。

「急に興奮《こうふん》してきたみたいね」女は言った。

そちらこそ、ずいぶんと落ちついているようですね、とぼくは心のなかで言い、必死で意識《いしき》を保《たも》とうとした。

どうしてほかの乗客がこんな状態《じょうたい》なのに気にならないのか、なぜこんなにも長いあいだ列車のなかにすわっているのに、だれも何が起こっているのか知らせにこないのか、知りたいものだ！

白いドレスの女はぼくににっこりほほえむと、世界のことなど何一つ興味《きょうみ》のないようすで窓《まど》の外を見やった。

「どうしてそんなにあれこれ知りたがるの？」女は言った。

思っていたことを声に出して言ってしまったのだろうか……？　ぼくは思い出せずにまゆをひそめた。

「わかりません」犯罪《はんざい》の証拠《しょうこ》がないのに、正面切って女を責《せ》めるだけの勇気はなかった。

ぼくは時計をとりだしてから、とまっていたことを思い出した。カッとなって時計をふると、立ちあがり、もう一度窓《まど》をあけようとしたが、やはりあかなかった。

ぼくは腹《はら》をたててバンッと窓《まど》をたたくと、身を乗りだして、農夫のえりをつかんでゆさぶった。

農夫はピクリともしない。

「落ちついて」白いドレスの女は言った。

「落ちつけ？」ぼくは頭に血がのぼってさけんだ。「ずっと落ちついていましたよ！　いったい彼《かれ》らはどうしたんです？　彼《かれ》らに何をした!?」

「わたしが？」女は傷《きず》ついたようにききかえした。「この人たちの状態《じょうたい》がわたしのせいだというの？」

「え？　ええ、まあ、そうじゃないかと……」ぼくはしどろもどろになって言った。

「わたしのせいじゃないわ」女はきっぱりと言った。「お願いだから、すわって」

女がそう言ったとたん、ふいに足が体をささえきれなくなり、ぼくはたおれる前にかろうじて座席《ざせき》にすわった。

ぼくは自分の情《なさ》けなさをのろい、残った力をふりしぼって女に向かってきっぱりと言った。

「いいですか、どうしても時間を教えていただきたいのです！」ここからどうやって有利にことを進めようか？　もしかしたら、女のあのバッグに銃《じゅう》が入っているかもしれない。なんだろうとそのねじまがった目的のためなら手段《しゅだん》を選ばないような人間を相手にしているのだ。シャーロック・ホームズだったら、こんな状況《じょうきょう》のとき、どうするだろう？

「時間？」女はほほえみながら言った。

「そうです！」ぼくは大きな声で言った。女が思っているよりもやわでないところを見せてやろうとしたのだ。だから強硬《きょうこう》な態度《たいど》がある程度《ていど》功を奏《そう》したのを見てぼくはすこし気をよくした。

女は時計を見て、うなずいた。

「ロバート、それを言うなら、あなたにあたえられた時間でしょ」

「どういう意味です？」ぼくはカッとしてききかえした。

次の瞬間《しゅんかん》、ぼくは仰天《ぎょうてん》した。

女が身を乗りだしたと思うと、ぼくのネクタイをつかみ、何をされているのか気づくまもあたえず、ぼくの顔を引きよせたのだ。

そしてキスをした。

夏にいとこの結婚式《けっこんしき》で、見晴らし小屋にかくれてチャスティティ・マニングッリーとしたような、やさしいキスではなかった。もっと一方的な、強引《ごういん》なキスだった。

女は空いているほうの手をぼくの頭の後ろに当てて自分の顔におしつけた。女《じょ》性《せい》にこんな力や激《はげ》しさがあるなんて、思ったこともなかった。

ぼくはもがいた。そう、もがいたつもりだった。

けれど、女の抱擁《ほうよう》には、あらがいがたい、酔《よ》わせるような何かがあった。

はるか高みから、霧《きり》に包まれた深い谷へと落ちていくような感覚――。

どのくらい落ちていたのかわからないし、あのままだったらどこまで落ちつづけていたかもわからない。

けれど、いきなりじゃまが入り、ぼくは夢《ゆめ》のような〝落下〟から、もとの場所へ引きあげられた。

口にふれていた女のやわらかいくちびるが消え、まったく別の感覚に変わった。

ハッとして目をあけると、見たこともない顔がおおいかぶさっていた。

ぼくはもがいてのがれると、ハアハア息をついてせきこんだ。

「い、いったい、なんなんだ!?」ぼくは興奮《こうふん》してさけび、たった今までぼくにキスをしていたように思える口ひげの生えた男をぼうぜんと見つめた。

あらためて見ると、男は真鍮《しんちゅう》のボタンのついた黒い巡査《じゅんさ》の制服《せいふく》を着ている。

ぼくは懸命《けんめい》に状況《じょうきょう》を理解《りかい》しようとした。

「ここにいるジョージが、きみの命を救ったんだ」と、別の男が言い、ぼくは初めてもう一人、同じ制服《せいふく》を着た男がいるのに気づいた。やはり巡査《じゅんさ》だ。「そうでなければ、今ごろあの世行きだった」

ぼくは、何がなんだかわからず、おそれおののいて男を見つめた。

「人工呼吸《こきゅう》だ」一人目の巡査《じゅんさ》が言った。

ぼくは口から男のひげを吐《は》きだすと、まわりを見まわした。

音やにおいが一気におしよせてきた。

ぼくは混乱《こんらん》した頭で、死んで地獄《じごく》に来たのだろうかといぶかしんだ。こんなことなら、もっといろいろ罪《つみ》をおかしておくのだった。あんなにもたいくつで潔白《けっぱく》な人生を送ったのに、それに対してこの判決《はんけつ》はきびしすぎるのではないか。

でも、そうではなかった。ぼくは死んでいなかったのだ。

ぼくが目ざめたのは、まさにウェルズ氏の『宇宙戦争《うちゅうせんそう》』の一場面のような光景だった。列車は死んだ動物のように横だおしになっていた。グシャグシャにつぶれてねじれ、車体が裂《さ》けて、穴《あな》があいている。まわりで人々がさけび、助けをよんでいた。

ガリガリと金属《きんぞく》のこすれる音がして、列車の残骸《ざんがい》が次々引きはがされ、どけられていく。

どこもかしこも、物がぶつかるすさまじい音や、ガラスのくだける音や、メリメリと木の裂《さ》ける音であふれかえっている。

目が闇《やみ》に慣《な》れるのには、すこし時間が必要だった。

太陽はすっかりしずんで、トンネルのある丘《おか》の向こうにかくれ、西の空がかろうじてうっすらと不気味な輝《かがや》きを放っていた。

ランタンやたいまつの光が、薄暗《うすぐら》い混乱《こんらん》のなかをホタルのように飛びかっている。

「何がなんだかわからなくて……」ぼくは言った。声が乾《かわ》いてかすれていた。

「列車事故《じこ》にあったんだよ」巡査《じゅんさ》が言った。「ひどい事故《じこ》だ。きみはついてたよ」

とてもついてたなんて思えなかった。

そのとき、ふと同じ客室に乗っていた人たちのことが頭にうかんで、ぼくは体を起こそうとした。が、あまりの痛《いた》みにひるんで、息をのみ、ぐったりとたおれこんだ。

「ほかにも乗客がいたんです。ぼくの乗っていた客室に……」ぼくはかすれた声で言った。

二人の巡査《じゅんさ》は視線《しせん》をかわした。

「白いドレスを着た若《わか》い女性《じょせい》と、司教の男性《だんせい》と――」

巡査《じゅんさ》の一人が身を乗りだし、そっとぼくの肩《かた》をたたいた。

「さっきも言ったとおり、きみはついていたんだ」巡査《じゅんさ》はつぶやいた。

ぼくは二人の顔をかわるがわる見て、それからもう一度、混乱《こんらん》と破壊《はかい》の現場《げんば》を見わたした。

混乱《こんらん》した頭でも、巡査《じゅんさ》の言いたいことはわかった。

でも、頭ではわかっても、どうしても受けいれることができなかった。本当にぼくが、あの客室の唯一《ゆいいつ》の生存者《せいぞんしゃ》なのだろうか？

「なんにしろ、お母さんはきみのすがたを見たら大喜びするぞ。駆《か》けつけて、すぐそこで待ってるんだ――」

「あの人はぼくの母親じゃ……」

だが、ぼくは最後まで言えなかった。

「なんだい？」

「……なんでもありません」ぼくは答えた。

おかしなことかもしれないが、あのときは何よりも見知った顔が見たかったのだ。恥《は》ずかしげもなく告白すれば、そのときはもう、ぼくはぼろぼろ泣いていた。

一人目の巡査《じゅんさ》はなぐさめるようにぼくの肩《かた》に手を置いた。

「お母さんは心配でどうかなりそうになってたよ。乗客は全員ここに引きとめているんだが、きみのケガはそこまでひどくなさそうだ。もうすぐお母さんに会えるよ」

そのころには、ぼくも、まわりの暗闇《くらやみ》で何が起こっているのか、もっとわかるようになっていた。

救助者たちが事故現場《じこげんば》を行ったり来たりしているすがたが、ただよう煙《けむり》の合間に見えかくれしている。

ケガをした人たちがすすり泣き、興奮状態《こうふんじょうたい》で泣きわめいている女性《じょせい》もいた。あたりにはつんと鼻をつくようなにおいが充満《じゅうまん》し、トンネルの入口で燃《も》えている小さな火のせいで、奥《おく》の闇《やみ》がますます暗く見えた。

けれども、その火があったから、ぼくは彼女《かのじょ》に気づいたのだ。客室にいた女、白いドレスを着た語り手の女に。

ぼくはハッと息をのみ、それからほほえんだ。

信じられない。あの事故《じこ》でケガ一つせずに助かったなんて。ケガがないどころか、よごれてすらいない。しみ一つないドレスが、暗闇《くらやみ》のなかで白く輝《かがや》いている。奇跡《きせき》だ。

同じ客室にいた乗客たちも女といっしょにいるのを見て、ぼくはホッとした。少佐《しょうさ》も農夫も司教も医師《いし》もいる。四人とも、ケガはしていないようだ。ほかにもぼくの知らない人たちが、女の横にたむろしている。

巡査《じゅんさ》の情報《じょうほう》はまちがっていたのだ。ぼくは胸《むね》をなでおろした。みんな、ケガ人の処置《しょち》のじゃまにならないように、すこしはなれたところに立っているのだろう。唯一《ゆいいつ》の生存者《せいぞんしゃ》どころか、あの客室で不運にもケガをしたのはぼくだけのようだ。

ふとかたわらを見ると、担架《たんか》が通りすぎ、土手の急なジグザクの道をのぼりはじめた。

運んでいる男たちは足がかりをさがそうとして、ズルズルとすべってとまった。担架《たんか》に乗っているのは、事故《じこ》の犠牲者《ぎせいしゃ》だった。

頭にかけられていた毛布《もうふ》が、男たちが足をすべらせたひょうしにずれ、犠牲者《ぎせいしゃ》の顔があらわになった。ぼくの顔から数十センチもはなれていないところだった。

顔は傷《きず》だらけでひどい状態《じょうたい》だったが、アザや血がついていても、それがあの少佐《しょうさ》の顔だというのははっきりわかった。

だが、少佐《しょうさ》はあいかわらず、トンネルの入口に無傷《むきず》のすがたで立っているのだ。

とたんにおそろしい痛《いた》みに胸《むね》をえぐられ、ぼくはかすれた悲鳴をあげて、たおれこんだ。

白いドレスの女がすうっとこちらに近づいてきた。チラチラとまたたきながら、ぞっとするような速さでやってくる。

二人のあいだで火が燃《も》えているが、そんな熱気くらいで、女のすがたが奇妙《きみょう》にぼやけて見えることは説明できなかった。

女はぼくのほうへ腕《うで》をさしのべた。ぼくをつかもうとするその指だけが、くっきりと見えた。

そのとき、ようやくまた息ができるようになり、肺《はい》に空気が送りこまれ、手足に命がもどってきた。

すると、女はパタリと腕《うで》をおろし、チラチラとゆらめいている顔がゆがんで、キッとぼくをにらみつけた。

そしてまた、近づいてきたときと同じ奇妙《きみょう》な身のこなしで一瞬《いっしゅん》にしてトンネルのほうへもどっていった。

どうしてあの顔を美しいなどと思ったのだろう？

今や、何もかもはっきりした。ぼくをつかもうとのばしたあの手が、眠《ねむ》っていた記憶《きおく》をよびさましたのだ。彼女《かのじょ》こそ、何年も前にぼくがおぼれかけたときに川辺にいた、あの謎《なぞ》の女性《じょせい》だった。

だが、女は守護《しゅご》天使などではなかった。女はぼくを助けようとしたのではない。ぼくの命を奪《うば》おうとしたのだ。乗客たちの命を奪《うば》ったように。

女こそ、ありありとうかんだ物語の光景のなかに、つねにすがたを見せずにひそんでいる、あの影《かげ》なのだ。ああやって身をかくし、むごくも命を奪《うば》われた犠牲《ぎせい》者《しゃ》たちをじっと待ちうけているのだ。

担架《たんか》に乗せられると、女がさっきと同じように乗客たちのところにいるのが見えた。

女はもう一度ぼくのほうを見ると、フッとほほえんでから、背《せ》を向け、死者たちをひきつれて去っていった。どこまでも永遠《えいえん》に続く、トンネルのおそろしい闇《やみ》のなかへ。

# 訳者あとがき

森の中の広大な古屋敷に一人で暮らす叔父（『モンタギューおじさんの怖い話』）、嵐の夜にびしょぬれになってやってきた船乗りの男（『船乗りサッカレーの怖い話』）のあと、「怖い話」の語り手として登場するのは、白いドレスに身を包んだ、どこか近づきがたい魅力をもった美しい女だ。

聞き手となるのは、寄宿学校へ向かう途中の少年ロバート。時は十九世紀で、軍人である父親は、ボーア戦争で南アフリカへ行っている。その再婚相手である継母と、長く退屈な休暇をすごしたロバートは、ようやく継母のもとを離れられるので、ほっとしていた。ところが、列車に乗る直前に、継母がお得意のくだらない予言をする。夢に、「暗く恐ろしいトンネル」と「キス」があらわれた、と。ばかばかしいと一笑に付したロバートだが、果たして、列車はトンネルの手前で止まってしまう。同じ客室に乗り合わせたのは、少佐、司教、農夫、医師、そして白いドレスの女。女は、列車が動くまでの時間つぶしと言って、怖い話を語りはじめる……。

「怖い話」三巻目になる本書だが、またいちだんと怖さを増している。毒々しい実をつける巨大な熱帯植物、異形の動物を祀《まつ》った塚、まるで生きているようなあやつり人形。文豪ヘンリー・ジェイムスの『ねじの回転』を思わせる家庭教師の物語や、怪談の舞台としておなじみの修道院も登場する。登場人物たちの心理も、ますます複雑になって、ねじれ度を増し、怖さに不気味な陰影をあたえている。そしてもちろん、いつものとおり、あっとおどろく結末も用意されているので、ご安心を——とはいえ、結末自体は、「安心」とはほど遠いが……。

十九世紀のイギリスを舞台にしているため、当時のようすをうかがわせる描写もあって、おもしろい。南アフリカをめぐり、イギリスとオランダ系入植者の子孫ボーア人が戦った「ボーア戦争」や、アジア貿易の独占権をもち隆盛をきわめた「東インド会社」など、大英帝国の歴史をほうふつさせる言葉が登場し、富の象徴として上流階級の人々がこぞって館に建設した「温室」や、裕福な家庭に住みこみ、寄宿学校へ行くまえの少年少女を教育した女家庭教師（ガヴァネス）など、当時の風俗が織りこまれる。

また、ホラーやミステリーの古典ともいうべき作品も顔を出す。ロバートが愛読しているロバート・ルイス・スティーヴンソン（『宝島』『ジキル博士とハイド氏』）や、H・G・ウェルズ（『タイムマシン』『透明人間』）、シャーロック・ホームズの生みの親コナン・ドイルなどはみな、時代を代表する大作家だ。ロバートが定期購読している「ストランド・マガジン」は一般大衆向けのイラスト入り月刊誌で、ほかにもアガサ・クリスティや、キプリング、トルストイなどが作品を掲載していた。

そういった冒険小説やゴシック、ホラー作品を少年時代、夢中になって読んだという作者プリーストリーの次回作は、やはり十八世紀から十九世紀にかけて流行したゴシック小説の雰囲気を濃厚にただよわせる The Dead of Winter だ。荒れ野の真ん中に立つ古い館での超自然的な出来事をつづるこの作品も、伝統的な手法に、現代風の心理描写を重ね、独特の恐怖を生み出している。プリーストリーはほかに、十八世紀のロンドンで活躍する少年探偵トム・マーロウを主人公にしたシリーズも書いており、エドガー賞のヤングアダルト部門にノミネートされている。独特の世界を築きつつある今いちばん注目の作家だ。彼の描く「怖い」世界をぞんぶんに堪能してほしい。

最後に、理論社編集の小宮山民人さんと、リテラルリンクのみなさんに心から感謝を！

二〇一〇年六月

三辺律子

著 者
クリス・プリーストリー　Chris Priestley

長年、イラストレーター、漫画家として活躍。今もイギリスの新聞にマンガを連載中。2000年に作家としてデビューして以来、子ども向けのノンフィクションや小説を多数発表してきた。2004年には『Death and the Arrow』がエドガー賞ヤングアダルト部門にノミネートされた。10代のころから不気味なストーリーや映像が大好き。エドガー・アラン・ポーやレイ・ブラッドベリを読んだときの恐怖を求めて、前作『モンタギューおじさんの怖い話』『船乗りサッカレーの怖い話』を書いた。本書は「怖い話」第3弾。ケンブリッジ在住。

画 家
デイヴィッド・ロバーツ　David Roberts

「Dirty Bertie」シリーズなど、数々の絵本を発表しているイラストレーター。さし絵を担当した作品には、フィリップ・アーダー作『あわれなエディの大災難』（あすなろ書房）、ジョージア・ビング作「モリー・ムーン」シリーズ（早川書房）、プリーストリー作『モンタギューおじさんの怖い話』『船乗りサッカレーの怖い話』（理論社）などがある。ロンドン在住。

訳 者
三辺律子　Ritsuko Sambe

翻訳家。訳書にダレーシー「龍のすむ家」シリーズ、エイキン『心の宝箱にしまう15のファンタジー』（以上、竹書房）、イボットソン『夢の彼方への旅』（偕成社）、バックリー「グリム姉妹の事件簿」シリーズ（東京創元社）、グルーバー『魔女の愛した子』、ローレンス「呪われた航海」三部作、ミラー「キキ・ストライク」シリーズ、『モンタギューおじさんの怖い話』『船乗りサッカレーの怖い話』（以上、理論社）などがある。東京在住。

# トンネルに消えた女の怖《こわ》い話

NDC933
四六判　20cm　396p
2010年７月初版
ISBN978-4-652-07974-4

著　者　クリス・プリーストリー
画　家　デイヴィッド・ロバーツ
訳　者　三辺律子
発　行　株式会社　理論社
発行者　下向　実
〒162-0056
東京都新宿区若松町15-6
電話　営業（03）3203-5791
　　　出版（03）3203-2577
2010年７月第１刷発行


URL　http：//www.rironsha.co.jp

## 魔女の血をひく娘 Witch Child

セリア・リーズ／作　亀井よし子／訳

「私には魔女の血が流れている」その日記は17世紀イギリスの魔女狩りを逃れ、新大陸へわたった娘の、驚くべき軌跡だった。

## 魔女の血をひく娘2 Sorceress

セリア・リーズ／作　亀井よし子／訳

400年の時を超え、魔女メアリーの魂が現代に蘇った。現代女性にトランスして語られる物語は、愛と闘いをくり返す数奇な運命…。

## 天国からはじまる物語

ガブリエル・ゼヴィン／作　堀川志野舞／訳

交通事故で死んでしまった少女が船に乗って到着した場所は、人生を終えた人が暮らす地〈ドコカ〉だった。温かな涙あふれる物語。

## 魔女の愛した子

マイケル・グルーバー／作　三辺律子／訳

森に捨てられていた醜い赤ん坊を、ひろったのは魔女だった。寓話と伝説に彩られた、少年と魔女の数奇な運命を物語る、不思議なファンタジー。

## ゴーストハウス

クリフ・マクニッシュ／作　金原瑞人・松山美保／訳

少年が引っ越してきた古い家で待ち受けていたのは、四人の子どもの幽霊だった。なぜ、彼らは天国へ行けないのだろう？　哀しい愛の幽霊物語。

## 暗黒天使メストラール

クリフ・マクニッシュ／作　金原瑞人・松山美保／訳

幼いころ天使に出会った少女の前に、ふたたび天使が現れた！　迎えにきたのは恐ろしい黒い翼。天使に選ばれた少女の身に、何が起こるのか？